U0693800

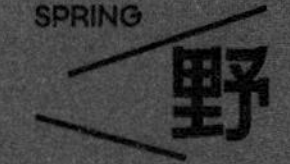
SPRING
野

更具体地生长

All This Wild Hope

我在年青时候也曾经做过许多梦，
后来大半忘却了，
但自己也并不以为可惜。

我偏苦于不能全忘却，
这不能全忘的一部分，
到现在便成了《呐喊》的来由。

呐喊

鲁迅

著

·桂林·

图书在版编目（CIP）数据

呐喊 / 鲁迅著.--桂林：广西师范大学出版社，2024.9

ISBN 978-7-5598-6988-3

Ⅰ. ①呐… Ⅱ. ①鲁… Ⅲ. ①《呐喊》 Ⅳ. ①I210.6

中国国家版本馆CIP数据核字（2024）第099938号

NAHAN
呐喊

作　　者：鲁　迅
责任编辑：彭　琳
特约编辑：徐子淇　赵雪雨
装帧设计：汐和、几迟 at compus studio
封面插画：Aleksandra Czudżak
内文制作：陆　靓

广西师范大学出版社出版发行
　　广西桂林市五里店路 9 号　邮政编码：541004
　　网址：www.bbtpress.com
出版人：黄轩庄
全国新华书店经销
发行热线：010-64284815
北京启航东方印刷有限公司印刷
开本：787mm × 1092mm　1/64
印张：6.375　字数：102千
2024年9月第1版　2024年9月第1次印刷
ISBN：978-7-5598-6988-3
定价：40.00元

目录

“为人生”的文学

钱理群

导读

一

经过自我反省的鲁迅，怀着巨大的怀疑和否定，有了一种生命本体性的黑暗体验，最终走向“五四”新文化运动。他首先面临的问题是：要不要加入进去？——很多人把鲁迅看作时代的弄潮儿，这是一个误解。鲁迅常常是慢半拍到一拍，可以说对所有问题，每一个运动，他首先是怀疑，而不是迎上去，要看一看，看一年半载，然后决定是否参加，一参加进去，就有独特的发挥，这才是鲁迅。

据周作人回忆，对《新青年》鲁迅最初“并不怎么看得起它”，“态度很冷淡”。后来怎么又参加了呢？鲁迅解释说是因为有了他和钱玄同的那次谈话。其实在张勋复辟以后，钱玄同与周氏兄弟三人在古槐树下说过很多“偏激的话”，其中最重要的，一是“应烧毁中国书”，一是“应废除汉字”[1]，这反映了对中国文化的一种极端绝望的情绪，因为是私人讨论，就说得更为彻底，后来钱玄同将其公之于众，自然就引起了轩然大波。我们这里要说的是，鲁迅在《〈呐喊〉自序》里描写的他与“金心异

1　周作人，《周作人文类编·八十心情》，湖南文艺出版社，1998 年；《记钱玄同先生关于语文问题的谈话》，原载《文化与教育》旬刊 27 期，1934 年 8 月 10 日刊。

（钱玄同）”的谈话，其实是一个概括，多少有些戏剧化的成分，但仍是表达了鲁迅的真实思想的，这就是那段很有名的话——

> 假若一间铁屋子，是绝无窗户而万难破毁的，里面有许多熟睡的人们，不久就要闷死了，然而是从昏睡入死灭，并不感到死的悲哀。现在你大嚷起来，惊起了较为清醒的几个人，使这不幸的少数者来受无可挽救的临终的苦楚，你倒以为对得起他们么？

鲁迅质疑了两点：第一，“铁屋子”能够被摧毁吗？第二，把这些年轻人喊醒了，能不能给他们指出出路？他的质疑是指向“五四”的启蒙主义与乐观主义的，他的真实体验是“万难破毁”与并无出路，这使得他在内心里 四无意加入，至少是踌躇不前的。但钱玄同一句话把他问倒了：“然而几个人既然起来，你不能说决没有毁坏这铁屋的希望”，钱玄同的逻辑是：确实很难毁，但“万一”毁了呢？这就使鲁迅对他根据一己经验得出的“确信”产生了怀疑：“说到希望，却是不能抹杀的，因为希望是在于将来，决不能以我之必无的证明，来折服了他之所谓可有”。这是在“希望”与“绝望”之间的往返质疑，先是以“绝望”（“万难破毁”）质疑“希望”，然后又以“希望”之“不能抹杀”来质疑“绝望”：这是典型地表现了鲁迅的思维特点的。

正是在这旋转式的思虑中，鲁迅的思想得到了深化，最终做出了他的独特的行动选择，并几乎决定了他以后的命运：一方面，他没有被绝望所压倒，还是加入了《新青年》的阵营，而且发挥了极其独特的作用——如果他当时将怀疑坚持到底，就不会有“鲁迅”，这可能构成中国现代文学史与思想史上的重大遗憾，但作为“周树人”个人，却也会免去了以后好多是非，未尝不是好事；在另一方面，他又没有放弃自己的绝望，甚至可以说他是带着骨子里的绝望与怀疑，充满矛盾地去参加新文化运动的。这一点与陈独秀、李大钊、胡适都不同，他们都是坚信不疑、勇往直前、义无反顾，处于潮流的中心发布“将令”，“挥斥方遒”的。鲁迅为自己选择的位置是站在旁边“呐喊”助威，同时用另一只眼睛紧张地观察、思考热闹的表面背后还隐蔽着什么。但也正如鲁迅自己所说，既然已经选择了“呐喊”，就不能不“听将令”而有意地压抑自己的某些绝望，以与启蒙主义的时代思潮取得某种程度的一致。这就是说，尽管怀疑“铁屋子”是否能彻底“破毁”，但仍坚持破毁“铁屋子”的努力；尽管怀疑启蒙主义究竟能起多大作用，但仍不放弃启蒙的努力。我想，我们应该从这个角度去理解鲁迅在 20 世纪 30 年代作出的“说到‘为什么’做小说罢，我仍抱着十多年前的‘启蒙主义’”的说明。[1]

弄清鲁迅与“五四”启蒙主义的复杂关系以后，可以更深入具体地讨论他为什么选择小说作为自己的启蒙工作，以及他由此形成的“小说观”。在《我怎么做起小说来》这篇文章里，他说了这样一番话——

> 在中国，小说不算文学，做小说的也决不能称为文学家，所以并没有人想在这一条道路上出世。我也并没有要将小说抬进“文苑”里的意思，不过想利用他的力

1　出自《南腔北调集·我怎么做起小说来》。

量，来改良这社会。

他又说——

（写小说）必须是“为人生”，而且要改良这人生。我深恶先前的称小说为“闲书”，而且将“为艺术而艺术”看作不过是“消闲”的新式的别号。[1]

其一，他强调小说在传统文体中是一个边缘性的文体，甚至是不被承认，进不了“文苑”的；但也正因如此，鲁迅就偏偏要选择它，这可以说是贯穿鲁迅一生的文学立场。20世纪30年代，他在谈到杂文时，也依然强调这是“美国的‘文学概论’或中国的什么大学

1　同上。

的讲义”里所没有的文体，他写杂文从来没有“想到‘文学概论’的规定，或者希图文学史上的位置”。[1]即使在文体的选择上，鲁迅也要坚持他的边缘性、反叛性与异质性，他对于正统的“文苑”体制甚至有一种出于本能的抵制与拒斥，这是在考察他的文学时要特别予以关注的。

其二，他声称“深恶先前的称小说为‘闲书’”，这表现了他与传统小说观念的决裂。这是鲁迅异质性的又一表现。鲁迅的小说创作从一开始，就与以“娱乐、消闲”为主要目的的通俗小说、大众文化区别开来。

其三，他指明，自己所写的是严肃的“为人生”的小说，这正是鲁迅开创的“五四”新小说的最本质特征。一方面，他公开宣布自己

1　出自《且介亭杂文二编·徐懋庸作〈打杂集〉序》。

的功利目的：是要“利用”小说的力量来“改良这社会”，这就与“为艺术而艺术”的所谓“纯文学”观念画了一条线；另一方面，他坚持文学的社会作用主要表现在它是“为人生”的，这就避免了对文学功利性的狭窄化理解，而把“文学”与“人生”的改良与健全发展联系起来，这显然是他早期“立人”思想的具体落实与发展。

最后，鲁迅指出“为艺术而艺术”是“‘消闲’的新式的别号”。为了理解这一主张，可以回溯鲁迅写作《我怎么做起小说来》时，也就是20世纪30年代的文学背景。20世纪30年代，鲁迅曾作过一个名为《上海文艺之一瞥》的演讲，说到主张“文艺为人生”的文学研究会曾“受到三方面的攻击”，一是提倡“天才的艺术”的创造社，二是反对“描写下流社会”的“留学过的美国绅士派”，三就是“鸳鸯蝴蝶派”作家。[1]“鸳鸯蝴蝶派”自然是标榜“消闲”的，在当时上海消费文化的畸形发展中，更是如鱼得水；前二者打着“为艺术而艺术”的旗号，是西方的舶来品，表面看起来颇为“现代”，但在鲁迅看来，不过是中国传统的“消闲”小说观的一个“别号”。也就是说，他看见的是一个历史的循环，即所谓“故鬼重来”——这也是一个鲁迅式的命题。但正因为如此，鲁迅才要坚持他的“为人生”的文学（小说）观，这也是他终生一以贯之的。

现在，让我们再把讨论深入一步：鲁迅追求的“为人生的文学”，是什么样的文学呢？

在《坟》里的《论睁了眼看》，鲁迅阐述了他对文学、对传统文学，对他所追求的文学的基本看法。他是这样为“文艺”下定义的——

1　出自《二心集·上海文艺之一瞥》。

文艺是国民精神所发的火光，同时也是引导国民精神的前途的灯火。

鲁迅把“文艺”和“国民精神”连在一起，认为文艺是国民精神的表现，同时也是国民精神的“引导”，这和他在20世纪初将文学看作是民族和国民的“心声”，以及他对人的精神现象的重视，都是一脉相承的。

他以这样的观念去看小说，并提出了一个很有意思的研究课题：“从小说来看国民性”。[1]他从这个角度考察中国传统小说，有了许多很重要的发现——他说，中国的才子佳人小说开头总是才子在壁上题诗，佳人来和诗，于是即有终身之约。“私订终身”在诗和戏曲或小说里，固然“不失为美谈”，但在现实中，特别是在传统社会里，是绝对“不容于天下的，仍

1 出自《华盖集续编·马上支日记》。

然免不了要离异”。但中国的作家却有办法，便是“闭上眼睛”，自欺欺人地编上一个“才子及第，奉旨完婚”的结局：这样，现实生活中的悲剧就变成小说里的大团圆，皆大欢喜了。鲁迅还将《红楼梦》原作和《红楼梦》的续作比较：鲁迅认为原作者是“比较的敢于实写的”，但到了续作，就是“贾氏家业再振，兰桂齐芳，即宝玉自己，也成了个披大红猩猩毡斗篷的和尚”，超凡入圣了，结果“是问题的结束，不是问题的开头”，“于是无问题，无缺陷，无不平，也就无解决，无改革，无反抗”。

鲁迅曾辑录《古小说钩沉》，对传统小说情节模式的变化作过很精细的考察。他说，《醒世恒言》里有一篇，叫《陈多寿生死夫妻》，讲一个女人自愿侍候她患癞疾的丈夫，最后二人一同自杀了，这大概就是所谓“殉情”吧。但自杀结局总是让人不愉快，到了清代《夜雨秋灯录》里，就把小说情节模式变了：突然有一条蛇来了，并且跑到药罐里去了，丈夫吃了这药，就发生了奇迹：病突然好了，于是夫妻大团圆，也不必自杀了。鲁迅感慨说，中国的小说，中国的文学，“凡有缺陷，一经作者粉饰，后半便大抵改观，使读者落诬妄中，以为世间委实尽够光明，谁有不幸，便是自作，自受”。——这个概括太深刻了，恐怕直到今天，也还是大抵如此吧。鲁迅由此得出一个重大结论——

> 中国人向来因为不敢正视人生，只好瞒和骗，由此而产生瞒和骗的文艺来，由这文艺，更令中国人更深地陷入到瞒和骗的大泽中，甚而至于已经自己不觉得。

“文学”和“国民性”就形成了这样一种

"互动"关系：瞒和骗的国民产生了瞒和骗的文学，而瞒和骗的文学使得国民更深地陷进瞒和骗的大泽之中，这是一个令人痛心的恶性循环。鲁迅在这里实际上是提出了衡量文学的一个基本价值标准，就是看它是"敢于实写"还是"瞒和骗"。他正是据此而给《红楼梦》以极高的评价的，他说："说到《红楼梦》的价值，可是在中国底小说中实在是不可多得的。其要点在于敢于如实描写，并无伪饰。和从前的小说叙好人完全是好人，坏人完全是坏，大不相同，所以其中所叙的人物都是真的人物，总之有《红楼梦》出来以后，传统的思想和写法都打破了。"[1]

在鲁迅看来，他所要写的小说，所要继承的，正是《红楼梦》的传统。有意思的是，鲁

1 《中国小说史略·中国小说的历史的变迁》，《鲁迅全集》9卷，人民文学出版社，2005年。

迅在观察他写的当代文学时，又发出了这样的警告："现在，气象似乎一变，到处听不到歌吟花月的声音了，代之而起的是铁和血的赞颂。然而倘以欺瞒的心，用欺瞒的嘴，则无论说 A 和 O，或 Y 和 S，一样是虚假的。"

从鲁迅对"并无伪饰"的《红楼梦》的赞许和对"欺瞒"的最时髦的"铁和血"的文学的批评，可以看出，在鲁迅的文学价值观念中，并没有"新"与"旧"，"现在"与"传统"的简单对立，更准确地说，在鲁迅看来，作品产生的时间并不构成一种价值尺度：不能说产生于过去时代的作品就一定不好，更不能说越新出现的作品就越好。他强调的是"真的，真实与真诚的文学"与"假的，瞒和骗的文学"之间的不同价值。"新"文学也可以是瞒和骗的文学，不在打什么旗号；而传统文学也可以是真的文学，《红楼梦》就是真的文学。鲁迅在日本留学时期曾提出过“伪士”的概念；在五四运动时期，他又提出了“瞒和骗”的概念，这之间的联系是显而易见的；鲁迅在对知识分子与文学的考察中，都紧紧抓住这个“真”与“伪”的问题，这是很能显示鲁迅的特点的。

于是，就产生了鲁迅的文学召唤——

> 世界日日在变，我们的作家取下假面，真诚地，深入地，大胆地看取人生并且写出他的血和肉来的时候早到了；早就应该有一片崭新的文场，早就应该有几个凶猛的闯将！

没有冲破一切传统思想和手法的闯将，中国是不会有真的新文艺的。

现在我们终于明白，鲁迅所提倡并身体力行的“为人生的文学”，其核心就是“取下假面，真诚地，深入地，大胆地看取人生并且写出他的血和肉来”，这样的文学才是“真的新文艺”。这与他在世纪初提出的“白心”，也是一脉相承，而且有了新的发展。

在鲁迅的这一文学召唤里，还有两点很值得注意。其一，他是在“世界日日在变”这一背景下，提出和讨论问题的。鲁迅十分清醒于中国与中国人所处的生存环境：这是一个全世界都在发生变革的大时代，中国人如果仍然“不敢正视各方面，用瞒和骗，造出奇妙的逃路来，而自以为正路。在这路上，就证明着国民性的怯弱，懒惰，而又巧滑。一天天的满足着，即一天天的堕落着”，就必然由国民的精神危机导致整个民族的生存危机，将无以立足于世界。可以说，20 世纪初即已萌生的危机感（特别是精神危机感）如梦魇般追逐着鲁迅这样的“精神界战士”，他召唤作家“放下假面……”，而且是如此的急切，正是源于此。

而鲁迅对“冲破一切传统思想和手法的闯将”的呼唤同样振聋发聩，这是其二。人们当会注意到，鲁迅对《红楼梦》的肯定也是着眼于其对传统思想与写法的打破。在鲁迅看来，能否出现这样的“闯将”，实在是关系着“真的新文艺”的生存的。

鲁迅既然期待着他的“为人生的文学”能够在克服国民精神危机、“引导”国民精神上多少起一些作用，那么不妨进一步来讨论：这将是怎样的一种作用？

或许可以从鲁迅这一时期的代表作《阿Q正传》的社会反应说起。《阿Q正传》是在报上一段一段发表的，而每发表一段，许多人就很紧张，总觉得这好像说的就是自己。据说就有这么一位先生，看了作品某一段，就断定《阿Q正传》是某人作的，因为只有某人知道他这段私事。从此疑神疑鬼，凡是《阿Q正传》中所骂的，就都以为是他的隐私。等到他打听出来作者是在教育部任职的周树人时，才知道自己与作者素不相识，又逢人便声明说不是骂他。这自然是一个多少被夸大的传闻，有意思的是鲁迅看到这一反应后的反应。鲁迅说，把我的小说说成是专门“骂谁和谁”的，我大概还“不至于如此下劣”。[1]但是，鲁迅又强调，这正是他所追求的，他说，“我的方法是在使读者摸不着在写自己以外的谁，一下子就推诿掉，变成旁观者，而疑心到像是写自己，又像是写一切人，由此开出反省的道路”[2]，就是要让你怀疑自己，引起你的警觉，引起你的反省，就像果戈理所说，最后“笑你自己”。

他希望读者读了他的小说能够脸红，心

1　出自《华盖集续编的续编·〈阿Q正传〉的成因》。

2　出自《且介亭杂文·答〈戏〉周刊编者信》。

跳，出一身冷汗，睡不着觉。他要扰乱你的灵魂，然后你可能回过头来正视现实与自己灵魂中最丑陋的东西。“诗人者，撄人心者也”，他在20世纪初就是这么说的；到五四运动时期他又强调，要做“人的灵魂的伟大的审问者”，要“穿掘着灵魂的深处，使人受了精神的苦刑而得到创伤，又即从这得伤和养伤和愈合中，得到苦的涤除，而上了苏生的路”。[1]鲁迅承认，这是一种“残酷”的写作，因此，他的《呐喊》《彷徨》不仅是“真”的声音，更是“恶”的声音，是所谓不祥之音。然而，这正是鲁迅生命的呼唤：“只要一叫而人们大抵震悚的怪鸱的真的恶声在哪里？”[2]

这是鲁迅生命的深处，也是鲁迅文学根底里的声音：鲁迅的“为人生”的文学所要面对

1　出自《集外集·〈穷人〉小引》。

2　出自《集外集·“音乐”？》。

的是一种血淋淋的真实，它要正视的不仅是外在的黑暗，更是人的灵魂的黑暗，因而它必然是要引起灵魂的“震悚”的。也正因如此，鲁迅的文学的、生命的声音，并不是任何人都能听到并感应到的。借用鲁迅对殷夫的诗的评价，鲁迅的小说是“属于别一世界”的[1]。人们如果要在小说里寻找“赏心悦目”的东西，借以“消闲”——每一个人都会从自己的文学需求出发，作出自己的选择，这本身是无可非议的——他们是会在鲁迅这里感到失望的，鲁迅的“为人生的文学”里没有他们需要的东西。

1　出自《且介亭杂文续编·白莽作〈孩儿塔〉序》。

二

鲁迅的“为人生的文学”是有自己的特定的关注对象与角度的。鲁迅对此有过明确的说明——

> 我的取材，多采自病态社会的不幸的人们中，意思是在揭出病苦，引起疗救的注意。[1]

最引人注目的，自然是鲁迅对“病态社会里的不幸的人们”的关注。这也是鲁迅一生一以贯之的。20 世纪初的鲁迅思想与文学的逻辑起点时，就谈到了他这样的精神界战士和普

---

1 出自《南腔北调集·我怎么做起小说来》。

通的“朴素之民”之间的深刻的精神联系，他为“气禀未失的农人”的“迷信”的辩护表明，他对中国社会底层的“不幸的人们”的精神痛苦与需求是有着相当深切的理解与同情的。而在十年沉潜中，鲁迅的“沉入国民”，其中一个重要方面，就是沉入生育他的浙东民间，咀嚼生活在那里的普通人的悲欢。某种程度上可以说《呐喊》与《彷徨》的写作就是他这十年郁结于心的民间记忆的一次喷发。因此，当他终于提起笔来，首先奔涌于笔端的，是“狼子村的佃户”（《狂人日记》），是“华大妈”（《药》），“单四嫂子”（《明天》），是“闰土”（《故乡》），“阿Q”（《阿Q正传》），“祥林嫂”（《祝福》），这都是一种情感、情结的自然驱使与流露。

1933年，鲁迅在《英译本〈短篇小说选集〉自序》里曾谈到他对这些下层人民的认识我生长于都市的大家庭里，从小就受着古书和师傅的教训，所以也看得劳苦大众和花鸟一样。有时感到所谓上流社会的虚伪和腐败时，我还羡慕他们的安乐。但我母亲的母家是农村，使我能够间或和许多农民相亲近，逐渐知道他们是毕生受着压迫，很多痛苦，和花鸟并不一样了。……

后来我看到一些外国的小说，尤其是俄国，波兰和巴尔干诸小国的，才明白了世界上也有许多和我们劳苦大众同一命运的人，而有些作家也正是为此而呼号，而战斗。而历来所见的农村之类的景况，也将更加分明地再现于我的眼前。偶然得到一个可写文章的机会，我便将所谓上流社会的堕落和下层社会的不幸，陆续用短篇小说的形式发表出来了。[1]

根据1933年的历史特点，“劳苦大众”“受压迫”之类的说法显然可以看出鲁迅受到了左翼思潮或马克思主义的影响——至少可以肯定一点，在写作《呐喊》《彷徨》的五四运动时期，鲁迅的认识已经达到这样的高度，即这些下层社会的不幸的人们，不是花鸟，而是有自己的价值、有自己的要求的独立的人，他们应该并有权利发出自己的声音。由此，产生了鲁迅的文学梦想：这些底层的人民——他们构成了中国国民的大多数，“自己觉醒，走出，都来开口”[2]，大概就是他“立人”的理想实现之日。

这也是鲁迅一生的理想，直到20世纪30

1 出自《集外集拾遗·英译本〈短篇小说选集〉自序》。

2 出自《集外集·俄文译本〈阿Q正传〉序及著者自叙传略》。

年代的“革命文学”论争中，他还在强调，真正的“无产阶级文学”必须是由工人农民自己“写出自己的意见”。[1]这或许带有某种乌托邦的成分，但鲁迅自己是极为认真的。鲁迅同时也是清醒的，他当然知道，在中国的现实中，这些底层社会的不幸的人们是沉默的，这是一群“沉默的国民”，他更要追问的是这个“沉默的大多数”是怎么造成的。

在鲁迅看来，这首先是中国封建等级制度，把人分成十等，中国农民是处在最底层的，但回到家里，他是家长，还有老婆、孩子被他欺侮，其实最底层的是儿童，妇女，鲁迅写那么多农村妇女形象、儿童形象，就和他的这个观点有关系。在鲁迅看来，这样一种等级制度是“吃人的筵席”，“以凶人的愚妄的欢呼，将悲

1 出自《二心集·黑暗中国的文艺界的现状》。

惨的弱者的呼号遮掩”[1]，他们的说话的权利是被剥夺的。同时，这样的等级制度又使“人人之间各有一道高墙，使各个分离”，“不再会感到别人精神上的痛苦”。

鲁迅更关注的是，“我们的古人又造出了一种难到可怕的一块一块的文字”。他说，或许并非故意，但汉字之难，确实使“许多人却不能借此说话”。这就很容易形成文化垄断：识字的人垄断了说话的权利，不识字的人，就失去了说话的权利。这正是鲁迅深感忧虑的：“现在我们所能听到的不过是几个圣人之徒的意见和道理，为了他们自己；至于百姓，就默默地生长，萎黄、枯死了，像压在大石底下的草一样，已经有四千多年！”[2]——现在，我们或许可以懂得，鲁迅之所以特别关注中国底

1　出自《坟·灯下漫笔》。

2　同上。

层的“不幸的人们”，就是因为他们被剥夺了说话权利，他们处于被遮蔽、被抹杀、被压抑的地位，中国的历史、文学中，已经听不到他们的声音，充斥的只是“圣人之徒的意见和道理”，这正是鲁迅所要“反抗”的。作为拥有话语权的知识分子，鲁迅能这样思考与提出问题，也显示了鲁迅的异质性。

问题是，在鲁迅意识到这一点时，他选择了怎么办呢？鲁迅说：“我虽然已经试做，但终于自己还不能很有把握，我是否真能够写出一个现代的我们国人的魂灵来。”人们不难注意到鲁迅是缺乏自信的，因为他深知，“要画出这样沉默的国民的魂灵来，在中国实在算一件难事”，因为，“……我们究竟还是未经革新的古国的人民，所以也还是各不相通，并且连自己的手也几乎不懂自己的足。我虽然竭力想摸索人们的灵魂，但时时总自感有些隔膜”。

这一点在《故乡》里讲得很清楚，当闰土喊一声，“老爷！”“我似乎打了一个寒噤；我就知道，我们之间已经隔了一层可悲的厚障壁了”。[1]所以，鲁迅绝不把自己当“代言人”，他很清楚他与下层人民之间的“隔膜”，他“只得依了自己的觉察”，写出“我的眼里所经过的中国的人生”，写出他“眼里”的下层人民。这也是一种绝望的挣扎：明知道有隔膜，却还要努力去摸索他们的灵魂。

在《呐喊》《彷徨》中，鲁迅实际上写了两种类型的人的灵魂：下层农民的灵魂和知识分子灵魂。应该说，知识分子灵魂，像吕纬甫、魏连殳、子君、涓生，都融入了鲁迅自己的血肉，因此，他写得真切，清晰，写活了；但写到下层人民，像闰土，祥林嫂，都是他从旁“觉

1 出自《呐喊·故乡》。

察”的，都是比较模糊的印象，是一些隐喻性的形象。[1]鲁迅是深知自己能做什么，能做到什么程度，又不能做什么的。但话又说回来，在中国又有几个作家，像鲁迅那样首先认识到这个问题，有几个作家看到沉默的大多数没有说话，明知道自己写作的有限性，却还要写的呢？鲁迅价值就在这里：这种竭力地写出“我”所看见的下层人民的魂灵的努力，在中国的文学史上实在是划时代的。只有通过鲁迅之手，阿Q、祥林嫂、闰土的声音才被我们听到了，

1　浙江师范大学的范家进在他的博士论文《“忏悔贵族”的乡村遥望——鲁迅乡土小说研究》里首先指出，“从某种角度看，乡村与乡村人在鲁迅那里已经被部分地论据化、例证化、寓意化”，“是那一代上层启蒙知识分子在整体的社会和文化理想与有限的乡土感受的结合下所投射出的乡村视线与乡村批判”，同时指出，“任何一种立场也同时是一种限制”。范先生的研究给了我很大启示，特此说明，并向作者致谢。范先生的博士论文的序言《跳下旧文人的‘酒船’以后……——鲁迅乡土小说的另一面》载于《鲁迅研究月刊》1999年2期，现已收入其专著《现代乡土小说三家论》（上海三联书店，2002年）。

并且一代代传下去。下层人民的命运引起人们的关注，这是“五四”新文化运动引起的中国文化与文学变革的非常重要的一个方面，这方面的意义绝不能低估。

鲁迅在为一本现代小说所写的序里，曾经说过这样一段话：“古之小说，主人公是勇将策士，侠盗赃官，妖怪神仙，佳人才子，后来则有妓女嫖客，无赖奴才之流”，“五四”新文学革命根本改变了这种状况，在五四运动以后的短篇小说里，“新的智识者登了场”[1]，还有一批以农民为主体的下层人民登了场。知识分子题材、农民题材，成为“五四”新文学革命的两大题材，发生这样的“蜕变”，应该说是“五四”新文化运动的重大成就。当然，以后的发展出现了种种曲折：越来越多的“农民

1 出自《南腔北调集·〈总退却〉序》。

的代言人”出现了，“农民”的形象也越来越神圣化、理想化，知识分子则或被逐出或成为“改造”的对象，于是就有了“拨乱反正”。

历史真是无情，看看我们今天的舞台，那些当年的主角，“勇将策士、侠盗赃官，妖怪神仙，佳人才子，妓女嫖客、无赖奴才之流”又全部登场，充斥了我们的文学，真正国民大众的声音再次沉默了，在世纪末的狂欢声中，那些悲惨的弱者的呼号再一次被淹没，今天重新来看鲁迅关注底层不幸的人们的文学选择，是不能不引起我们的无限感慨的。

那么，鲁迅关注下层人民的“不幸”，其关注点何在呢？鲁迅关注的重点，不在他们外在的不幸——比如，在《药》里，他对华老栓一家的物质生活的贫困，只用那“满幅补钉的夹被”稍作暗示，他的笔力主要用在揭示他们一家人精神的麻木，他关注的是病态社会对这些不幸的人的种种精神毒害，他要进入到他们真实的痛苦的精神世界，揭示精神病态，以引起疗救的注意。对人的精神状态、人的灵魂的关注，首先是一种文学的关注，是抓住了文学的本质的；而对精神病态的特别关注，则是显示了鲁迅“精神界战士”的特点。如前面所说的那样，他要充当陀思妥耶夫斯基那样的“灵魂的伟大审问者”，他对知识分子灵魂的拷问和对农民的拷问，都是同样无情的。

这里要强调的是，鲁迅既是伟大的审判官，更是“伟大的犯人”，他的每一个拷问都同时指向自己，在这个意义上，他对自己的同类知识分子的拷问，或许是更为严峻的。他在《故乡》里拷问出了“我”和闰土之间的隔膜；而《祝福》好像讲的是祥林嫂的故事，其实是一个三重结构——“我和鲁镇”“祥林嫂和鲁镇”，以及“我和祥林嫂”这三层关系。最具有鲁迅特色的其实是“我和祥林嫂”关系的考察。在“我”和祥林嫂的著名对话里，祥林嫂扮演一个精神审判者的角色，祥林嫂几个追问，追得“我”无地自容。祥林嫂问他：“死后有没有灵魂？”这本来是知识分子应该回答的问题，但“我”却回答不了，只能用“说不清”来逃避责任。这里实际上在讨论知识分子在下层人民的悲剧里该承担什么责任，这正是鲁迅关注的。

所以，鲁迅写农民，写底层人民，绝不是居高临下地去同情他，也不是当代言人，相反地，在某种程度上，他是带着责任感、有罪感去写的，但这种罪感又没有把知识分子降得很低，更没有将农民理想化。其中有许多复杂的问题，也有宝贵的思想成果、文学经验值得我们仔细琢磨。

到这里，可以对鲁迅“为人生的文学”作

两点总结：第一，这是真诚地、深入地、大胆地看取人生，并且写出他的血和肉来的真文学；第二，这是关注下层人民，着重揭示病态社会的人的精神病态的文学，是对现代中国人的灵魂的伟大拷问，它逼着读者和它的人物，连同作家自己一起正视人性的卑劣，承受种种精神的苦刑，在灵魂的搅动中发生精神变化，而他最终指向的是绝望的反抗，是对于社会，对于人自身，对自己的一个反抗，这个文学的“地狱”里有血淋淋的真实。

如果你正在彷徨，苦闷，在寻找道路当中，你愿意正视血淋淋的真实，你就进去；如果你不愿意正视血淋淋的真实，你想活得轻松愉快，你想闭着眼睛过日子，或者你已经找到你的路了，你过得非常圆满，那么你就不要走进去。进不进去无所谓，你自己选择，不是说走进去就伟大，就崇高，走不进去就不伟大，不崇高，这里不存在这个问题。鲁迅需要的是最真实的朋友，他不要别人赶时髦，看热闹。鲁迅说过，我只把我内心中最真实的东西“发表一点，酷爱温暖的人物已经觉得冷酷了，如果全露出我的血肉来，末路正不知要到怎样。我有时也想就此驱除旁人，到那时还不唾弃我的，即使是枭蛇鬼怪，也就是我的朋友，这才真是我的朋友”[1]。鲁迅终生都在寻找这样的最真实的朋友，能够倾听他的真之声、恶之声的朋友：这也是一种双向选择吧。

三

以上主要讨论了鲁迅“为什么写作”，以

1 出自《坟·写在〈坟〉后面》。

及他“写什么”。但鲁迅真正要提笔的时候，就遇到了写作的困惑。在理性分析之前，我们还是先来“感觉”鲁迅，感受他的写作状态和相应的生命形态。下面这段文章是鲁迅在 1927 年写的，题目是《怎么写》，是他计划在《朝花夕拾》之后要写的第二本散文集《夜记》的第一篇，一开头就提出“写什么是一个问题，怎么写又是一个问题”，并且说自己不大写文章，原因“是极可笑的，就因为它纸张好。有时有一点杂感，子细一看，觉得没有什么大意思，不要去填黑了那么洁白的纸张，便废然而止了。好的又没有。我的头里是如此地荒芜，浅陋，空虚”。接着就描述了一段他独处厦门大学图书馆那间空洞洞的屋子里时的生命体验——

……夜九时后，一切星散，一座很大

的洋楼里，除我以外，没有别人。我沉静下去了。寂静浓到如酒，令人微醺。往后窗外骨立的乱山中许多白点，是丛冢；一粒深黄色火，是南普陀寺的琉璃灯。前面则海天微茫，黑絮一般的夜色简直似乎要扑到心坎里。我靠了石栏远眺，听得自己的心音，四处还仿佛有无量悲哀，苦恼，零落，死灭，都杂入这寂静中，使它变成药酒，加色，加味，加香。这时，我曾经想要写，但是不能写，无从写。这也就是我所谓“当我沉默着的时候，我觉得充实，我将开口，同时感到空虚”。

莫非这就是一点“世界苦恼”么？我有时想。然而大约又不是的，这不过是淡淡的哀愁，中间还带些愉快。我想接近它，但我愈想，它却愈渺茫了，几乎就要发见仅只我独自倚着石栏，此外一无所有。必

须待到我忘了努力，才又感到淡淡的哀愁。[1]

在这里呈现出的这个“沉静下去”的、“黑絮一般的夜色”“扑到心坎”上的、“一无所有”但仿佛又有大量的“悲哀、苦恼、零落、死灭”都杂入的、“带些愉快”却又感到“淡淡的哀愁”的、“沉默”的因而是“充实”、因“开口”而顿觉“空虚”的鲁迅，也许就是最真实的鲁迅。这里的空实、有无、言与不言，以及悲喜哀乐……展现的是一个无限丰富却又充满本体性的困惑的灵魂。处在这样一个状态中的鲁迅，感到了“想要写，但是不能写，无从写”的困惑。

但这只是“瞬间闪现”，在此之后，就几

1　出自《三闲集·怎么写》。

乎不再向世人展示；只有在 1933 年的《夜颂》里，又略有透露。他说“孤独者”是“爱夜的人”，因为“夜是造化所织的幽玄的天衣，普覆一切人，使他们温暖，安心，不知不觉的自己渐渐脱去人造的面具和衣裳，赤条条地裹在这无边无际的黑絮似的大块里”；而“爱夜的人”也自有“听夜的耳朵和看夜的眼睛，自在暗中，看一切暗”[1]——这里，“黑絮”的意象再次出现，可以说，鲁迅的生命与写作都是“包裹在这无边无际的黑絮似的大块里”的。

“自在暗中，看一切暗”的鲁迅确实有一种内在的冲动，他想写，写很多东西，但他又感到“不能写、无从写”。这是为什么？这里涉及一个根本性的追问，就是后来鲁迅在《影的告别》里问的：我到底拥有什么，“我能献

1 出自《准风月谈·夜颂》。

你甚么呢？”回答是：“无已，则仍是黑暗和虚空而已”。[1]他所拥有的，他能够献给读者的，仅是带有人的生存本体性的这种黑暗和虚无感。但是他能够把这些都写出来吗？能够把这些黑暗与虚无都转移到读者那里去吗？这样，他真的要把自己拥有的（真实体验到的）而且能够给读者的东西都写出来的话，就有了很多障碍。

首先，这种本体论的黑暗虚无感是无法言说的，或者说具有一种不可言说性，一说就变形、变质、变态了，所以他才说“当我沉默着的时候，我觉得充实，我将开口，同时感到空虚”。其实这是个从古到今一直困惑着文人的根本性问题：真正属于个体生命的本体性的体验，其不可言说性与必须言说性形成了巨大的冲突。

1　出自《野草·影的告别》。

其次，鲁迅非常清醒地意识到，这样一种本体性的黑暗虚无的感受和体验，是属于他自己的个体生命的，因而是无法证实的，也就是可以质疑的。所以他说“我终于不能证实：唯黑暗与虚无乃是实有。”[1]既然自己都在质疑，又怎么能全盘托出来说给读者听呢？这是负责任的作者所应该有的态度吗？鲁迅曾说过一段很动情的话——

> 我自己也正站在歧路上……我自己，是什么都不怕的，生命是我自己的东西，所以我不妨大步走去，向着我自以为可以走去的路；即使前面是深渊，荆棘，峡谷，火坑，都由我自己负责。然而向青年说话可就难了，如果盲人瞎马，引入危途，我

1　出自《两地书》。

就该得谋杀许多人命的罪孽。[1]

这里再次出现了鲁迅式的有罪感。而且可以看到读者（特别是青年读者）对鲁迅写作的影响。他在《写在〈坟〉后面》里还提到一个青年学生来买他的书，从口袋里掏出钱来，很可能是忍饥挨饿省下的，所以这钱上还带着体温，“这体温便烙印了我的心，至今要写文字时，还常使我怕毒害了这样的青年，迟疑不敢下笔”。[2] 恐怕没有一个作家像鲁迅这样地重视他的读者，我们研究鲁迅创作，不能低估读者对他的制约。

鲁迅曾认定他的读者有三类人。一类是那些孤独的、寂寞的先驱者，鲁迅既要为他们呐喊，就必须考虑他们的要求——因为寂寞，就

1　出自《华盖集·北京通信》。

2　出自《坟·写在〈坟〉后面》。

希望有点光明。尽管鲁迅感受的是黑暗，就像《狂人日记》里所暗示的那样，反抗的“狂人”最终不免成为官的“候补”，但他只能暗示，而不能过于渲染，并且总要删削些黑暗，增添点光明，尽管这些光明他是怀疑的；第二类读者是那些做着好梦的青年。能忍心去打破他们的好梦吗？唤醒了又不能指出路来，不是害了别人吗？这样，面对这些做着好梦的青年，鲁迅既想喊醒他们，又不敢喊得太响，又得“给予一种不退走，不悲观，不绝望的诱导”[1]；还有一类特殊读者，就是敌人。鲁迅说，我要通过我的写作表示我的存在，像黑色魔鬼那样站在我的敌人面前，让他们感到世界不那么圆满。那就不能在他们面前，过分地显示自己的痛苦，使他们感到快意，更不愿成为闲人饭后的谈资，即使因面对黑暗而感到痛苦，也要一

1　出自《两地书》。

个人躲到草丛里，像受伤的狼一样舔干净身上的血迹。他说他只愿意一人承担黑暗与虚空，“决不占”他人的“心地”[1]，“对于偏爱我的读者的赠献，或者最好倒不如是一个‘无所有’”[2]。

鲁迅时刻面对着“说还是不说”这个问题；即使“说”，是把内心深处的所有黑暗和盘托出，还是遮遮掩掩，欲说还休？鲁迅多次公开承认，他“说话常不免含胡，中止”[3]，写作《呐喊》时，还“故意的隐瞒”了很多东西，甚至在编《自选集》的时候，也要把“将给读者一种‘重压之感’的作品，特地竭力抽掉”[4]。《孤独者》这篇小说，按说属于鲁迅最优秀的小说之一，但是《自选集》里没有《孤独者》，他

1　出自《野草·影的告别》。

2　出自《坟·写在〈坟〉后面》。

3　同上。

4　出自《南腔北调集·〈自选集〉自序》。

删去了。于是，就有了这样的坦诚直言——

我所说的话，常常和所想的不同，……我为自己和为别人的设想，是两样的。

偏爱我的作品的读者，有时批评说，我的文字是说真话的。这其实是过誉，那原因就因为他偏爱。我自然不想太欺骗人，但也未尝将心里的话照样说尽。[1]

于是就有了“两个鲁迅”。如曹聚仁所说，这是鲁迅的两个侧面，“一个是中年的卸了外衣的真的鲁迅，另一个是当他着笔时，为着读者着想，在他的议论中加一点积极成分，思想者的鲁迅”。又如增田涉所说，“他单向世间强调的一面，不是真正的他，至少是不全面的他，

1 出自《坟·写在〈坟〉后面》。

虽然这确实是他的大部分，但必须知道，他还有着没表现在外面的深湛部分，他自己明确区分，应向世间强调的部分和不向世间强调的部分”。

鲁迅的作品是一座冰山，但这座冰山露出的只是一部分，更多的是藏在冰山下，我们看不到，鲁迅作品中有显露出来的，也有遮蔽起来的，他真实的思想，就实现在显隐露蔽之间。一个会看他作品的读者，就能够从浮在水平线上面的部分看到隐藏在下面的部分，而下面的部分，可能是更重要的部分。所以真正了解鲁迅是很困难的，因为我们只能根据他写的东西去了解他，但他的写作却有说与不说，明说、暗说，正说、反说，详说、略说，言里和言外，言与意之分，区分是非常复杂的。某种程度上，这是一个语言的迷宫，要真实地贴近他很困难，但我们正是要在这样的困难中去努力贴近他，在显隐露蔽之间去体会他的真意。当然，说得彻底点，他的真正意思就在上文那个沉默的鲁迅那里，但这个沉默的鲁迅我们再也见不到了，这或许是一个永远的遗憾吧。

我一再提及鲁迅“白心”的概念，说他一再强调要真诚地大胆地看取人生，说出自己心里的真话，“做文章时又没有顾忌，想写的便写出来”[1]；但现在我们又看到鲁迅的另一面，他说他“毫无顾忌地说话的日子，恐怕未必有了罢”[2]，他其实在不断地隐蔽、控制自己，甚至宣布“我要骗人”。这样一个渴望着追求真实的鲁迅，和不得不有所隐蔽乃至说谎的鲁迅，才是完整的鲁迅。鲁迅在真实与说谎的矛盾的张力中写作，在这一根本性的困境中苦苦挣扎，他的作品就是这种挣扎的外在表现。

---

1 出自《而已集·魏晋风度及文章与药及酒之关系》。

2 出自《坟·写在〈坟〉后面》。

或许，正是时时面对这样的写作困境，决定了鲁迅小说写作上的一系列特点。鲁迅小说具有本体性的隐喻性，不是把他所有的东西都说出来，而是言外有意，言和意有区别。而这里要强调的是，这种隐喻性不是一种写作技巧，不是一种艺术的表现形式，而是鲁迅对整个世界的把握方式，是他的一种思维方式，与艺术构思方式联系在一起，所以又具有小说本体的意义。鲁迅曾经说过，他的小说的特点是“忧愤深广”[1]，当年沙汀、艾芜向鲁迅请教怎样写小说，鲁迅给他们八个字——“选材要严、开掘要深”[2]，反复强调的都是一个“深”字，

1 出自《且介亭杂文二编·〈中国新文学大系〉小说二集序》。

2 出自《二心集·关于小说题材的通信》。

这是颇耐寻味的。鲁迅作品的特点、力量和深度，就在于能够穿透现实的黑暗，去开掘、体验更内在的、更深的被遮蔽的黑暗，进入精神的层面。有的作品（如《野草》）还进入了生命存在的本体，即超越他的经验，成就一种存在的追问。在我看来，这正是一切“大作家”的特点：首先需要现实关怀，我不相信一个不关怀现实人的生存的作家，能成为大作家；任何大作家，他的博大的心胸足以容纳人世的一切；同时他又是超越现实的，他常常要追问隐蔽在现实背后的深处的人的存在、人性的存在甚至世界本体存在的本质。鲁迅正是这样的大作家，因此，在鲁迅把握世界的方式和他的思维方式里，总是有从现实向思想、从现象向精神、从具象到抽象的一种提升和飞越。这一点跟哲学家很相像，但提升以后，仍然不离开现象、现实，这与哲学家相区别。

这里还可以看到，作为精神界的战士和作为文学家的鲁迅的统一。从精神界战士的方面来说，他关怀的当然是人类的精神现象，但他对精神现象的这种关怀、理解和把握，和哲学家不一样，不是用逻辑力量推理出来，而是用自己深切的观察和体验感悟到的，他的思想不是逻辑推理的结果，而是他的生命体验的结果。而且，当他表达自己的思想的时候，不是用逻辑范畴，而是用一种非理性的文学符号；从文学家的方面来说，鲁迅不同于一般的文学家，因为他具有少有的思想的穿透力，能够从日常生活的细节、个别具体的现象中，看到普遍的、本质的东西。一般的文学家需要对生活现象与细节的敏感，那种朦胧的把握，不需要想清楚细节背后是什么东西，而鲁迅具有思想穿透力，他不但对生活现象与细节有一种文学家、艺术家的敏感，还能看到现象与细节背后的更本质的一些思想。

比如，王安忆的文章《类型的美》[1]，讲她对鲁迅小说的看法，我很感兴趣，因为王安忆是作家，我对作家怎么看鲁迅很好奇。她说，即使是小说这种具象性的艺术，鲁迅也能突出思想的骨骼。“思想的骨骼”这个词用得非常好，这是思想的艺术，也是艺术的思想。它既是具体的、具象的，同时又是概括的、抽象的，所以王安忆把鲁迅小说形象概括为类型形象。本来我们是用这个概念来讲鲁迅杂文的形象的，而王安忆发现，鲁迅的小说也是类型形象，既是很具体的，是“这一个”，同时具有高度的概括性，它是“这一类”。譬如鲁迅杂文里的“哈巴狗”，各种类型的狗，狗的系列，构成一种狗的类型，鲁迅的小说其实也是这样。

---

1 一土编，《二十一世纪：鲁迅和我们》，人民文学出版社，2001 年。

鲁迅小说里的许多人物形象、许多描写都成为人类的某种精神现象的概括、暗示和象征，所以都是类型形象，是具象与抽象的统一。可以说，鲁迅小说的情节描写、人物描写甚至细节描写，无不是对某种人类精神现象的隐喻，具有一种原型模式的意义。

譬如，人们就从《示众》这个小说里，提炼出一个“看和被看”的模式。一个热得不得了的夏天，马路上突然出现一个警察，牵着一个犯人，然后四面八方大家拥过去看，先是大家看犯人，然后是犯人看大家，最后是互相看，每个人既是在“看别人”，又“被别人看”。而“看和被看”正是高度概括了中国人的生存方式、生存状态与人和人之间的关系的。

同样，人们从《故乡》《在酒楼上》《祝福》这些小说里，也发现了一个“离去——归来——离去”的模式，这也隐喻着人的一种存在方式或境遇。

还可以发现，鲁迅小说的开头、结尾都有一个特点，比如《故乡》开头“我”坐小船来，结尾“我”坐小船走；《风波》开始大家在场院里吃饭，结尾的时候大家又在场院里吃饭；《孤独者》开始在祖母的葬礼上“我”和魏连殳见面，小说结尾魏连殳死的时候，“我”又在葬礼上去看他，“以送殓始，以送殓终”。小说结尾和开头不断地重复，其实是隐喻人的生命，或者说是中国人的生命形态的不断重复。

另有些细节，已经成了我们——所有读过鲁迅作品的人的集体记忆了。一提起闰土，马上想起闰土一声“老爷”那个细节，你一定会感到人和人之间的那种障壁；《幸福的家庭》有一个细节，六棵白菜堆成一个“A”字，几乎就象征着我们的日常生活，每个家庭主妇、每个家庭天天会感到这种琐碎平凡单调的“A”

字形生活有形无形的压力。就像《离婚》的主人公爱姑，是农村里很泼辣的女性，丈夫、公公压迫她，她就反抗，要离婚，喊丈夫为“小畜生”，喊公公为“老畜生”，然后七大人来调解，爱姑去见七大人，她开始觉得无所谓：七大人就七大人，他得讲理。她先看见七大人在玩弄一个鼻塞，是从古人的屁股里弄出来的，觉得很奇怪。爱姑理直气壮地要讲道理，却突然呆住了，因为听见七大人喊了一声“来兮”，心里就怦怦跳，不知发生什么事了，然后跟进一个人，拿鼻塞往七大人鼻子一塞，七大人浑身舒服了，“阿嚏”一声，就是这一刹那间，爱姑屈服了，“本来是专听七大人吩咐”。这是一个非常富有戏剧性的情节，赋予“鼻塞”一种象征性，它象征着七大人的权力，能让爱姑不战而退；但权力用屁塞来象征，这本身就暗含着一种嘲弄；而泼辣如爱姑者居然被“屁塞”

所吓退，这又隐藏着一种辛酸：你可以想到这里面有着许多的言外之意，让你细细品味：这大概就是这类“隐喻性描写”的魅力所在吧。

还有阿Q永远画不圆那个“圆圈”，多少中国人在这个细节面前感到灵魂的震惊。所以鲁迅笔下，从情节、故事、人物到细节、描写、用词，都有一种隐喻性，都让人联想到很多很多东西。所以我们读鲁迅的作品，有一种很奇妙的艺术感受：看他笔下的人物，好像觉得非常清晰，阿Q怎样，闰土怎样，但仔细一想又觉得很模糊，你无法具体化。我们每个人心里都有一个阿Q，但真的阿Q来了，你说这不像，跟自己想的不一样，形象既是清晰的，又是模糊的。

他的许多描写，看起来非常真切，但又让人觉得非常朦胧，非常空灵，很像《社戏》里的描写。《社戏》的描写，是可以当作鲁迅小说的艺术象征去读的：先是摇着船，远远地看戏台在赵庄演出；船划过去，渐望见依稀的赵庄，而且似乎听到歌吹声了，还有几盏渔火，料想便是戏台；然后再进去，听那声音是横笛，婉转、悠扬；再进去，果然是渔火；再进去，真的，赵庄到了，但又觉得赵庄模模糊糊的，在远处的月夜之中，和空间几乎分不清界限，于是我们只能远远地看；看着看着，台上的形象都模糊了，戏子的脸都渐渐有些稀奇了，那五官变得不明显了，融成一片没有什么高低了，于是我们离开了。回头再看那个戏台，在灯火光中，又像初来一样，缥缈得像一座仙山楼阁，被红霞所笼罩着了。这岂止是写社戏，鲁迅的小说给我们的感受都是这样的，又真切，又朦胧，又空灵，似乎看见，似乎又看不见，似乎给你一种感觉，你真落实就完了。电影《阿Q正传》有一个真的社戏舞台，一看，就没味了：这就是那个社戏吗？你不相信，因为鲁迅小说给你留下的形象是要在作为读者的你的想象、感觉中完成的，一实体化，就没有想象空间了。

鲁迅小说的情节看起来非常真实，好像很合理，但仔细想想又觉得不合常情，换句话说，合理而不合情，比如上文提到的《离婚》中的突转，怎么会一个阿嚏、一个屁塞，就会把爱姑给镇住了呢？这个情节是不大合情的，有些荒诞，但从权力对人的控制、对人的威压的角度看，你又会觉得它非常真切，甚至相当深刻。这是一种逻辑的真实，心理的真实，性格的真实，而不是叙事的真实。鲁迅作品里的一些感觉、一些用词都给你一种似真非真、似假非假的非常奇特的感觉。

再说回《社戏》。开头有一段写在城里看戏，因为去晚了没位子，堂倌找来一个长条板凳，上面比自己的上腿要窄四分之一，下面又比腿长三分之二，所以“我先是没有爬上去的勇气，接着便联想到私刑拷打的刑具，不由的毛骨悚然的走出了”，而且旁边一个“胖绅士吁吁的喘气”，“台上的冬冬皇皇的敲打，红红绿绿的晃荡”，都使“我醒悟到在这里不适于生存了”，于是“机械的扭转身子，用力往外只一挤，觉得背后便已满满的……”。又是“私刑拷打”，“毛骨悚然”，又是“不适于生存”，“挤出去”，都有些奇特，一般人处在同样的情境下都不会有这样的感受和反应，而敏感的鲁迅却从中感到了对人的精神压迫，对人的“生存”空间的挤压，因此他要“挤”出来，要逃跑。我们一般不会有这种感觉，说老实话，每天打开电视，不就是那些“冬冬皇皇的敲打，红红绿绿的晃荡”吗？但有几个人会觉得这是精神的压迫呢？这就是鲁迅之所以为鲁迅，他穿透了现实，看到了本质的东西。那么前述关于看戏的感觉，包括最后逃跑的描写，都具有某种隐喻性、象征性，就一点也不奇怪了。

鲁迅的小说就是这样一种似真似假，似虚似实，似抽象似具象的艺术，从中可以看到诗学与玄学、文学与哲学的交融，是鲁迅探讨的精神本体的特质和外在文学符号的和谐统一。借用米兰·昆德拉的说法，鲁迅作品中很多细节、人物形象、意象，都可以看作人的生存状态的一种深层编码。其实把文艺与哲学的鸿沟打破，进行诗化哲学与诗化小说的写作实验，正是20世纪哲学、文学发展的一大特点——哲学借助于文学符号，使哲学所要表达的、探讨的精神现象具备了人的精神特有的模糊性、多义性和整体性；同时，文学也借助于这种哲学的思考，借助这种本质性和本体性的把握，使文学的形象、意象获得某种普遍性、概括性、超越性。在这样的背景下看鲁迅小说的“隐喻性”也是很有意思的。

五

鲁迅的小说还有一个方面也很值得注意，那就是它的“复调性”。严家炎老师在《中国现代文学研究丛刊》2001年3期上，发表过一篇《复调小说：鲁迅的突出贡献》，进行了相当精辟的论述，读者若想做更深入的了解，可以读这篇文章。

鲁迅的小说创作是他的思想矛盾的一个产物，因此鲁迅从不试图向读者提供什么既定结论或观念，他要展示的只是自己感受、体验、思考中的种种矛盾与困惑。他的作品总是同时有多种声音，在那里互相争吵着，互相消解、颠覆着，互相补充着，这就形成了鲁迅小说的复调性。

所以，在鲁迅的小说里，找不到许多作家所追求的和谐，而是充满各种对立的因素的缠绕，扭结，并且呈现出一种撕裂的关系。这样的撕裂的文本是有一种内在的紧张的，而且有一种侵犯性，作者自身的灵魂的撕裂自不消说，它同样要撕裂我们读者的灵魂，你也忍不住，要参与进去，把自己的声音也加入小说的“众声喧哗”之中。我们在前面说过，读鲁迅小说无法“隔岸观火”，必定把自己也“烧进去”，这是一个重要原因。

六

接下来要说的是鲁迅小说的音乐性。我一开始讲鲁迅，是从鲁迅和绘画的关系入手，鲁迅在绘画方面有很高的修养，这一点已被学术界公认，并且有很多实证材料；但现在没有任何材料证明鲁迅有很高的音乐修养，倒是有一个反证材料，即蔡元培曾回忆说，当时的教育部要为“国歌”谱曲，请鲁迅去听，鲁迅回答是：“我完全不懂音乐。”[1] 这句话可以有两种解释，可能是他真不懂音乐，还有可能是他的一个托词。有的研究者发现鲁迅最感兴趣的人都有很高的音乐修养，比如阮籍、嵇康，是中国的大音乐家，又比如尼采、爱罗先珂等，都与音乐有密切关系。这个现象倒是值得注意，

1 蔡元培，《记鲁迅先生轶事》，《鲁迅回忆录》（上册），北京出版社，2000 年。

却也仍然不足为证。或许不能从鲁迅本人有没有音乐修养这个角度来讨论问题，应该换一个思路。

我想从自己的直觉说起。读鲁迅小说，我有两个直觉。一是将鲁迅小说直接变成具象性的话剧、电影、电视都很困难。就像我们在前面曾经说到过的那样，一落实就走样了。这是因为鲁迅小说是具象和抽象的结合，诗与哲学的结合，鲁迅的小说有很强的抒情性，但他的抒情总是与哲理的思考融合为一体的，可以说是所谓“抽象的抒情”，这倒有可能更接近音乐的。记得沈从文就说过这样的话：“表现一种抽象美丽印象，文字不如绘画，绘画不如数学，数学又似乎不如音乐。因为大部分所谓‘印象动人’，多近于从具体事实感官经验而得到。这印象用文字保存，虽困难尚不十分困难。但由幻想而来的形式流动不居的美，只有用音乐，或宏壮，或柔静，同样在抽象形式中流动，方可望将它好好保存并重现。”[1]也就是说，当鲁迅的写作超越了“具体事实感官经验”，进入了自由幻想，创造“流动不居的美”的时候，他就越是接近了音乐。所以，我凭着直觉，想到如果把鲁迅的《野草》改编成音乐，可能会非常精彩——这是我的梦，我的奇思异想，自然说不出道理；不过，读鲁迅作品，特别是《野草》这样的作品，总是能引发人们的想象力，倒是真的。

第二个直觉是鲁迅作品不能只是默看，非得朗读不可。他作品里的那种韵味，那种浓烈而又千旋万转的情感，里面那些可意会不能言传的东西，都需要通过朗读来触动你的心灵。这已经是我的一个经验：讲鲁迅作品，最主要

1 沈从文，《烛虚·五》，《沈从文文集》11卷，三联书店（香港）有限公司，1984年。

的是读，靠读来进入情境，靠读来捕捉感觉，产生感悟，这是接近鲁迅内心世界和他的艺术的“入门”的通道。

鲁迅也非常重视朗读。他这样谈到自己的写作：“我做完以后，总要看两遍，自己觉得拗口的，就增添几个字，一定要它读得顺口”[1]，讲到诗歌时，他也强调，诗有两种，一是默读的，一是唱的，但他觉得唱更重要。他说，我们的新诗之所以不成功，就因为它“没有节调，没有韵，它唱不来；唱不来，就记不住，记不住，就不能在人们脑子里将旧诗挤出，占了它的地位”[2]。他这里强调音韵，节奏、语调的问题，都是直接与音乐相关的。周作人在《知堂回想录》里，谈到他在西山养

1　出自《南腔北调集·我怎么做起小说来》。

2　《鲁迅书信·致窦隐夫》，《鲁迅全集》12 卷，人民文学出版社，2005 年。

病时，写了《过去的生命》这首诗，其中有这样的句子——

> 这过去的我的三个月的生命，哪里去了？
>
> 没有了，永远的走过去了！

周作人把这首诗拿给鲁迅看，“他便低声的慢慢的读，仿佛真觉得东西在走过去了的样子，这情形还是宛在目前”[1]。——我们不妨一起来想象鲁迅在周作人病床旁低声朗读的情景，这是有着说不出的动人之处的。

在我看来，鲁迅对于语言音乐感的把握，与其说是他对音乐有修养，不如说他对中国汉字有特殊感悟力与驾驭力。

1　周作人，《知堂回想录》，河北教育出版社，2002年。

惨象，已使我目不忍视了；流言，尤使我耳不忍闻。我还有什么话可说呢？我懂得衰亡民族之所以默无声息的缘由了。沉默呵，沉默呵！不在沉默中爆发，就在沉默中灭亡。

我曾经从文学语言的角度对这段文字作了如下分析，“鲁迅是那样自如地驱遣着中国汉语的各种句式：或口语与文言句式交杂；或排比、对偶、重复句式的交叉运用；或长句与短句、陈述句与反问句的相互交错，混合着散文的朴实与骈文的华美和气势，真可谓‘声情并茂’，把汉语的表意、抒情功能发挥到了极致”[1]。这里的“声情并茂”，也可以说是“音乐性”。

1　钱理群等，《中国现代文学三十年》（修订本），北京大学出版社，1998 年。

这一段七十六个文字中，“沉默”这个词语就重复四次，还不包括“默无声息”这样的同义词。而“重复”正是构成音乐性的重要手段。这里的“沉默”二字完全可以看作音乐上的“主题乐思”与“基调”，“沉默”二字给人的音感本身就是“沉郁”的，这正是这段文字的“基调”。而全段文字长短句的交错，语速的快慢变化，抑扬顿挫之间，更产生了音乐的节奏感：开头，“惨象……流言……”的对偶句，句式的重复，词语的重复（连续两个“不忍”）都给人以压抑感；然后，“我还有什么可说的呢”的反诘，使情绪稍有舒缓；接着，“我懂得……”一个长句，使节奏变慢，其实正是情绪的郁积与酝酿；而最后，“沉默呵，沉默呵……”急促的节奏，愤激的语调，就把整个情绪推向了高潮，产生了一种震撼的力量。全段文字的“沉郁”感因为有了最后的“愤激”

的补充，也就显得更为丰厚。

这里还可以明显地看到骈文对鲁迅的影响。关于中国、语言文字的特点，周作人有一个很好的概括，他说，中国汉语言文字具有装饰性、游戏性、音乐性。他还说："中国国民酷好音乐，八股文里含有重量的音乐分子"，而八股文的特点正在"集合古今骈散的菁华"[1]，他因此提倡"混合散文的朴实与骈文的华美之文章"[2]。有意思的是，真正实现他这一主张的，不是他自己，而是其兄鲁迅。鲁迅把汉语的音乐性把握得如此好，跟他的骈文修养显然有关。这里顺便介绍一篇奇文——《〈淑姿的信〉序》，这是应朋友之托，为不相识的20世纪30年代的一个普通女性的遗书写的序。这本是应酬之作，没有多少话可说，

---

1 周作人，《看云集》，河北教育出版社，2002年。

2 周作人，《苦竹杂记》，河北教育出版社，2002年。

只有在形式上做文章。于是，鲁迅就写起了骈文——

爰有静女，长自山家，林泉陶其慧心，峰嶂隔兹尘俗，夜看朗月，觉天人之必圆，春撷繁花，谓芳馨之永住。虽生旧第，亦溅新流，既茁爱萌，遂通佳讯，排微波商径逝，矢坚石以偕行，向曼远之将来，构辉煌之好梦。[1]

这自然是偶一为之的游戏文字，但据许广平回忆，鲁迅写完后“自己亦十分欣赏”，“全篇文字铿锵入调，我们两人曾一同朗读”。[2] 鲁迅显然是为文字中的音韵、节奏所陶醉了。这都可以看出鲁迅骨子里的传统情趣以及他对

1 出自《集外集·〈淑姿的信〉序》。

2 许广平，《鲁迅回忆录》（下册），北京出版社，2000 年。

古文，特别是六朝文的修养的。正是对于中国语言文字内在音乐性的这种精微把握与自由运用，才使他的小说具有了音乐性的特征：这至少可以部分地解释鲁迅小说诗学里这一饶有兴味的文学现象吧。

尽管鲁迅小说乃至鲁迅文学中的音乐性问题如此有吸引力，我也只能讲到这里，相应知识准备的不足使我无法将这一课题深入下去，所以，每一个学者都是会受到某种限制的。目前国内关注这一课题的研究者也很少，据我所知，武汉大学中文系张箭飞曾写有专著，部分成果也已发表，如《论〈伤逝〉的诗性节奏》（《鲁迅研究月刊》1998 年 10 月号）、《鲁迅小说的音乐式分析》（《中国现代文学研究丛刊》2001 年 1 期）等，若读者有兴趣，可以自己去读，有条件的也可以自己做研究，这方面的研究空间还是相当大的。

七

最后，简单讨论鲁迅小说的评价问题。学术界有各种各样的意见，这里不准备一一评说。我关注的是鲁迅的自我评价——我觉得鲁迅是很清醒的，他对自己的小说有清醒的估价。作为一个文学史家，他在《中国新文学大系·小说二集》序言里是这样谈到“‘五四’文学史上的鲁迅”——

在这里发表了创作的短篇小说的，是鲁迅。从一九一八年五月起，《狂人日记》《孔乙己》《药》等，陆续的出现了，算是显示了“文学革命”的实绩，又因为那时的认为“表现的深切和格式的特别”，颇激动了一部分青年读者的心。

这一史学家的评价里，有几点很值得注意。

首先，鲁迅强调他的小说是“在这里”也即《新青年》上发表的，而他又强调“《新青年》是提倡‘文学改良’，后来更进一步而号召‘文学革命’的发难者”。这样，不仅把他的小说创作与《新青年》这一文学群体联系在一起，更将其置于“五四”新文学革命这一大背景之下，由此确定了鲁迅小说的历史贡献与地位，它的意义与价值正在于“显示了‘文学革命’的实绩”——应该说，这一评价比起其他许多评价更客观，更准确，更经得住历史的检验的。经过近一个世纪的时间的淘洗，今天可以看得比较清楚：“五四”新文学革命是一个自觉的文学运动，是理论的倡导先于实践的，所以一开始就遭到了围剿，即所谓“四面八方反对白话声”。对于文学革命的倡导者来说，除了进行理论的辩驳之外，最重要的就是要“拿出实绩”，正像后来胡适在《中国新文学大系理论建设卷》的《导言》中所说，“一个文学运动的历史的估价，必须包括它的出产品的估价。单有理论的接受，一般影响的普遍，都不够证实那个文学运动的成功”，“人们要用你结的果子来评价你”[1]。

正是在这样的历史性召唤下，鲁迅出现了。首先，是他提供的现代白话小说文本，完全不同于一般在倡导时期难免出现的幼稚之作，而是从一开始就超水平、超时代，因而经得住历史检验。也就是说，他在“五四”新文学的起点，就创造了现代文学（现代小说）经典文本，不仅证明了“旧文学之自以为特长者，白话文也并非做不到”[2]，更显示了用现代白话文学

---

1 胡适，《〈中国新文学大系〉理论建设卷》，上海文艺出版社影印本，1981 年。

2 出自《南腔北调集 · 小品文的危机》。

语言表达的现代中国人思想感情的生命活力，以及其艺术发展上的高水平与巨大的可能性，并为以后的现代文学创作提供了一个可资借鉴的文本，更提供了一种高境界，高标准。这对使现代文学在有着深远文学传统的中国立足、扎根，几乎是起了决定性作用的。

其次，鲁迅以“表现的深切和格式的特别”来概括他的小说的特点与开创性，这也是十分准确的，说老实话，即使到今天，我们讲鲁迅小说时也还是离不开这两句话。所谓“表现的深切”与鲁迅在下文谈到他的《狂人日记》时所说的“忧愤深广”是同样的意思。按我的理解，这里讲的“深广”，是可以概括我们前面的分析的：对人的灵魂挖掘的深，由现实向历史追索的开掘的深广，对人的存在本体的追问的超验深度，等等。而所谓“格式的特别”则是显示了鲁迅形式创造的高度自觉。早在五四运动时期，沈雁冰已指出，“在中国新文坛上，鲁迅常常是创造‘新形式’的先锋；《呐喊》里的十多篇小说几乎一篇有一篇的形式，而这些新形式又莫不给青年作者以极大的影响，必然有多数人跟上去试验”[1]。20 世纪 90 年代，人们一再提及沈雁冰的这一评价，都不是偶然的：现代中国作家在从事“新形式的创造”时总是能从鲁迅那里得到支持与启示。“创造新的思想，新的文学语言，新的文学形式，并由此而自立标准”是现代文学的一个基本目标。

最后，鲁迅强调他的作品“颇打动了一部分青年读者的心”。“一部分青年读者”，按我的理解，就是具有中等文化程度，并愿意思索，还在追寻的青年，他们永远是鲁迅的主要读者对象。而前文已经说过，读者对鲁迅具有

1　雁冰，《读〈呐喊〉》，《时事新报》副刊《文学》91 期，1923 年 10 月 8 日刊。

特别的意义，他与读者之间形成了既互相支持（即所谓“相濡以沫”）又相互制约的复杂关系，这对理解鲁迅的文学（小说）都是极为重要的。

鲁迅在《〈中国新文学大系〉小说二集序》里谈到他在创作《呐喊》时所受外国文学的影响，以及他的独立创造，又谈到了《彷徨》的写作——

> 此后虽然脱离了外国作家的影响，技巧稍为圆熟，刻画也稍加深切，如《肥皂》《离婚》等，但一面也减少热情，不为读者们所注意了。

需要注意的是，他的小说创作，从《呐喊》到《彷徨》有一个发展的过程，这也是一个将外来文学的影响内化为自己的独立创造的过程，也是一个艺术上逐渐“圆熟”“深切”的过程。鲁迅同时注意的是它的另一面：热情的减少，读者面的缩小。在前文分析的基础上，我们也可以感觉到这一点，鲁迅五四运动后的小说确实在艺术上更圆熟，刻画也更深切，但似乎也减少了《呐喊》那样的更外在的冲击力——中国的大多数年轻读者是更易为“热情”所吸引的，因而对《彷徨》的接受可能还需要时间。

鲁迅在《〈中国新文学大系〉小说二集序》里的前述论断是人们经常提及的；而关于自己的作品，鲁迅还说过两段话，却不大引人注意。一段话是公开发表在1919年5月出版的《新潮》1卷5号上的，他在一封给《新潮》编辑傅斯年的信中这样写道——

《狂人日记》很幼稚，而且太逼促，

照艺术上说，是不应该的。[1]

这一评价是可以和他私下与学生的谈话对证的。孙伏园在《鲁迅先生二三事》中，有过这样的回忆——

他（鲁迅）常用四个绍兴字来形容《药》一类的作品，这四个绍兴字我不知道应该怎样写法，姑且写作“气急虺聩”，意思是“从容不迫”的反面，音近于“气急海颓”。

孙伏园还回忆说——

我尝问鲁迅先生，在他所作的短篇小

1　出自《集外集拾遗·对于〈新潮〉一部分的意见》。

说里，他最喜欢哪一篇。

他答复我说是《孔乙己》。

有将鲁迅小说译成别种文字的，……如果这位译者要先问问原作者的意见，准备先译原作者最喜欢的一篇，那么据我所知道，鲁迅先生也一定先荐《孔乙己》。

鲁迅先生自己曾将《孔乙己》译成日文，以应日本杂志的索稿者。[1]

鲁迅的这一自评可能会使有的人感到意外，因为人们引用得最多的，经常收入教科书和各种选本，被认为是战斗性最强的作品，像《狂人日记》《药》，鲁迅却认为它们在艺术上有明显的缺陷："太逼促"，不够"从容"。而他最喜欢《孔乙己》，恐怕也正因为它写得从

1 孙伏园，《鲁迅先生二三事·孔乙己》，《鲁迅回忆录》（上册），北京出版社，1999年。

容不迫。其实，这与许多人的艺术感受也很接近，人们喜欢《在酒楼上》，原因之一也是《在酒楼上》写得从容不迫。鲁迅实际上提出了一个审美标准："从容"还是"逼促"。这是鲁迅的一个十分重要的美学观，很有意思，很值得注意，可惜长期以来很少进入我们的研究视野，这也是很奇怪的事。我也没有研究清楚，只能提出一些线索，供有兴趣者参考。

在鲁迅看来，是否从容，不是一般的问题，而是涉及人的精神发展，以至于民族的前途。鲁迅在一篇文章里谈到，在书的边沿要留下大的空白，并由此申发出一番非同小可的议论——

我于书的形式上有一种偏见，就是在书的开头和每个题目前后，总喜欢留些空白，……翻开书来，满本是密密层层的

黑字；加以油臭扑鼻，使人发生一种压迫和窘迫之感，不特很少“读书之乐”，且觉仿佛人生已没有“余裕”，“不留余地”了。

或者也许以这样的为质朴罢。但质朴是开始的“陋”，精力弥满，不惜物力的。现在的却是复归于陋，质朴的精神已失，所以只能算窳败，算堕落，也就是常谈之所谓“因陋就简”。在这样“不留余地”空气的围绕里，人们的精神失抵要被挤小的。

……人们到了失去余裕心，或不自觉地满抱了不留余地心时，这民族的将来恐怕就可虑。[1]

1　出自《华盖集·忽然想到》。

这里的着眼点仍是人的精神，强调“没有余裕，不留余地”会挤压人的精神空间，“挤小”人的精神，从而造成民族的生存危机，这都是“精神界战士”的典型思路。值得注意的是鲁迅对“质朴”与“因陋就简”的区分。在他看来，在“开始”阶段，由于“精力弥满”而出现“陋”的行为和创作，还不失为“质朴”——我想，他就是这样看待“五四”新文学革命初期的一些粗陋之作的；他在《〈中国新文学大系〉小说三集序》里，在指出《新潮》作者技术的“幼稚”的同时，又肯定他们“共同前进的趋向”，就包含了这样的意思。但如果丧失了“质朴的精神”而“因陋就简”，就只能视为精神的“堕落”。

这里还隐含着鲁迅对文学的一个基本看法：在他看来，文学总是一种余裕的产物。他在《革命时代的文学》里说——

有人说："文学是穷苦的时做的"，其实未必，穷苦的时候必定没有文学作品的；我在北京时，一穷，就到处借钱，不写一个字，到薪俸发放时，才坐下来做文章。忙的时候也必定没有文学作品，挑担的人必要把担子放下，才能做文章；拉车的人也必要把车子放下，才能做文章。……大家底生活有余裕了，这时候又产生了文学。[1]

他不相信穷而有文，当然钱多了，忙于享受也不会搞文学——文学创作这样的精神劳动是必须有物质基础而又不能为物质所御。它需要余裕，从容，才能开拓更开阔、更自由的精神空间，进行更自由的想象。

1　出自《而已集·革命时代的文学》。

于是，鲁迅又从诗的美学的角度，提出了一个极为重要的意见——

> 我以为感情正烈的时候，不宜做诗，否则锋铓太露，能将“诗美”杀掉。

这是一个艺术创造的“距离”感的问题。必须对引起创作冲动的炽烈的感情进行冷处理，以达到思想与情感的深化，升华与超越，获得真正的“诗美”。这也必须“从容”。鲁迅曾将冯至称为“中国最杰出的抒情诗人”，却没有提到郭沫若这样的五四运动时期最有影响的诗人，我想，他所持的正是这样一个不赞成“锋铓太露”，更强调艺术的从容升华的“诗美”的标准。

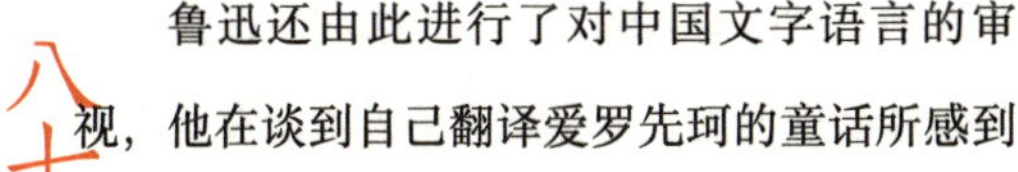

鲁迅还由此进行了对中国文字语言的审视，他在谈到自己翻译爱罗先珂的童话所感到

的困惑时说——

> 可惜中国文是急促的文，话也是急促的话，最不宜于译童话；我又没有才力，至少也减了原作的从容与美的一半了。

大家知道鲁迅是精通日文的。他或许认为日本的语言文字是更能表现这种“从容与美”的，所以他特别欣赏日本作家夏目漱石，称其“当世无与匹者”，并特地介绍，夏目漱石是主张“低徊趣味”，倡导“有余裕的文学”的。这或许可以为我们理解鲁迅的强调“从容”的审美价值观，提供一个参照。

在做了以上粗略的讨论后，再来看鲁迅的自我评价。之前一再强调，鲁迅的小说有一种内在的精神的紧张和复杂，这造成了鲁迅小说的特殊的震撼力，但也就使鲁迅小说在总体上缺乏更加从容的风致。鲁迅为什么对《狂人日记》和《药》这些作品表示不满？当然不是要否定其价值，他在《〈中国新文学大系〉小说二集序》里，对《狂人日记》《药》都有很高的评价；但是，如果对《狂人日记》和《药》这样的作品进行严格的艺术审视，就可以发现，作品里的思想与意义过于密集，在某种程度上，表现比较显露，比较急促，显得不留余地。比如："我翻开历史一查，这历史没有年代，歪歪斜斜的每叶上都写着'仁义道德'几个字。我横竖睡不着，仔细看了半夜，才从字缝里看出字来，满本都写着两个字是'吃人'！"一方面，这段话确实有很大思想震撼力；另一方面，从艺术上说，这样的表达还是直露了一点，读这样的作品，总体上感到痛快淋漓，同时又感觉到有点满，回味的余地不多。其他几篇小说也写得比较急促，相形之下显得粗糙一些，如《一件小事》。

鲁迅的小说的隐喻性，在艺术处理上，也牵出许多复杂的问题。隐喻性总有两个或几个层面，如何处理这些层面的关系？如何掌握思想信息、审美信息的密度？如果过多，可能也会造成艺术上的伤害。隐喻性的描写、叙述，确实给读者带来很大的想象与阐释空间，但也要防止“过度阐释”的倾向，这两者的分寸很难把握。无论是作者的写作，还是读者的阅读上，鲁迅的小说都因其特殊追求带来许多难点，实在是不好写，也不大好读的。

另外，鲁迅一方面追求思想上的丰富性和复杂性，另一方面又追求表现的简括性，这两者之间，有一种矛盾的张力。鲁迅的艺术可以说是将最丰富最复杂的内容，凝结在一个最简洁的形式框架当中。《孔乙己》就是这样的“丰富的简洁”的典范之作，鲁迅特别喜爱这篇小说不是偶然的，但也不是所有的小说都处理好了“丰富”与“简洁”之间的关系。最近读《二十一世纪和鲁迅》，我最感兴趣的是女作家王安忆与女批评家刘纳的两篇——我历来认为，女性在艺术审美上有特殊长处，其敏感与独特体验和表达都是我们男子所不及的。特别有意思的是，王安忆和刘纳都用一个“瘦”字概括她们对鲁迅小说艺术的感受。王安忆说，“鲁迅的小说总给人‘瘦’的感觉，很少血肉，但这绝不是指‘干’和‘枯’，思想同样是有美感的，当它达到一定的能量”，她强调的是她所说的鲁迅“思想的骨骼”给人的美感；刘纳则说，“鲁迅作品呈现出金圣叹所说的‘瘦’的形态”，“鲁迅的才能属于那种敛抑的类型，在把握精炼的同时，他自然也就缺了些华瞻，缺了些开阔，缺了些赫奕”。

没有十全十美的艺术，追求总是有得有失

的，追求某种特点同时也带来某种缺憾和限制。所以我们没有必要苛求前人，也没有必要将前人完美化。鲁迅自己也很清楚，一切都是“中间物”。鲁迅小说的艺术也是中间物，也是中国现代文学历史长河中的一个阶段——当然，这个阶段相当辉煌，而且永远令人神往。

你不能说决没有毁坏这铁屋的希望。

自序

我在年青时候也曾经做过许多梦，后来大半忘却了，但自己也并不以为可惜。所谓回忆者，虽说可以使人欢欣，有时也不免使人寂寞，使精神的丝缕还牵着已逝的寂寞的时光，又有什么意味呢，而我偏苦于不能全忘却，这不能全忘的一部分，到现在便成了《呐喊》的来由。

我有四年多，曾经常常，——几乎是每天，——出入于质铺和药店里，年纪可是忘却了，总之是药店的柜台正和我一样高，质铺的是比我高一倍，我从一倍高的柜台外送上衣服或首饰去，在侮蔑里接了钱，再到一样高的柜台上给我久病的父亲去买药。回家之后，又须忙别的事了，因为开方的医生是最有名的，以此所用的药引也奇特：冬天的芦根，经霜三年的甘蔗，蟋蟀要原对的，结子的平地木[1]，……多不是容易办到的东西。然而我的父亲终于日重一日的亡故了。

有谁从小康人家而坠入困顿的么，我以为在这途路中，大概可以看见世人的真面目；我要到N进K学堂[2]去了，仿佛是想走异路，逃异地，去寻求别样的人们。我的母亲没有法，

1　即紫金牛，亦称“老勿大”“平地木”，常生长在中国长江以南各地，可栽作盆景；根皮可入药。

三

2　N指代南京，K学堂即江南水师学堂，入学时间1898年，肄业。1899年，作者入读江南陆师学堂附设的矿务铁路学堂，1902年初毕业，成为清政府派赴日本的留学生之一。

办了八元的川资[1]，说是由我的自便；然而伊哭了，这正是情理中的事，因为那时读书应试是正路，所谓学洋务[2]，社会上便以为是一种走投无路的人，只得将灵魂卖给鬼子，要加倍的奚落而且排斥的，而况伊又看不见自己的儿子了。然而我也顾不得这些事，终于到N去进了K学堂了，在这学堂里，我才知道世上还有所谓格致[3]，算学，地理，历史，绘图和体操。生理学并不教，但我们却看到些木版的《全体

---

1 即旅费。

2 以“自强”“求富”为主旨的洋务运动兴起后，清政府急需新式人才，于是开始派遣人员出国留学，开办新式学堂。1880年起，清政府在国内创办诸多专门性新式学堂，如在天津、上海、南京等地开办的电报学堂，后来又办有商务学堂、医务学堂、矿务学堂，以及军事方面的水师学堂，如广州水陆师学堂、威海水师学堂等。

3 当时将物理、化学等学科统称为“格致”。作者所学“格致”为物理。

新论》[1]和《化学卫生论》[2]之类了。我还记得先前的医生的议论和方药，和现在所知道的比较起来，便渐渐的悟得中医不过是一种有意的或无意的骗子，同时又很起了对于被骗的病人和他的家族的同情；而且从译出的历史上，又知道了日本维新[3]是大半发端于西方医学的事实。

因为这些幼稚的知识，后来便使我的学籍列在日本一个乡间的医学专门学校里了。我的梦很美满，预备卒业回来，救治像我父亲似的

---

1 由英国传教士、医生合信所著，1851 年在广州出版，是西方医学传入我国后出版的最早有人体解剖图的医学书。

2 1850 年由英国化学家真司藤所著，1881 年由英国传教士傅兰雅和中国化学教育家栾学谦合译为中文，是近代中国出版的最早的生物化学及营养学类启蒙读物。

3 即明治维新（1868—1912），此前的江户时代中期，日本曾通过荷兰人和荷兰语学习研究西方科学文化，形成“兰学”。“兰学”首先从医学等领域发展起来，由此解剖学、物理学、地理学和化学等也被介绍到日本。力主革新的部分学者也曾讲授西方医学，宣传西方科学技术，对明治维新的开展起到了一定的作用。

被误的病人的疾苦，战争时候便去当军医，一面又促进了国人对于维新的信仰。我已不知道教授微生物学的方法，现在又有了怎样的进步了，总之那时是用了电影，来显示微生物的形状的，因此有时讲义的一段落已完，而时间还没有到，教师便映些风景或时事的画片给学生看，以用去这多余的光阴。其时正当日俄战争的时候，关于战事的画片自然也就比较的多了，我在这一个讲堂中，便须常常随喜我那同学们的拍手和喝采。有一回，我竟在画片上忽然会见我久违的许多中国人了，一个绑在中间，许多站在左右，一样是强壮的体格，而显出麻木的神情。据解说，则绑着的是替俄国做了军事上的侦探，正要被日军砍下头颅来示众，而围着的便是来赏鉴这示众的盛举的人们。

这一学年没有完毕，我已经到了东京了，因为从那一回以后，我便觉得医学并非一件紧要事，凡是愚弱的国民，即使体格如何健全，如何茁壮，也只能做毫无意义的示众的材料和看客，病死多少是不必以为不幸的。所以我们的第一要著，是在改变他们的精神，而善于改变精神的是，我那时候以为当然要推文艺，于是想提倡文艺运动了。在东京的留学生很有学法政理化以至警察工业的，但没有人治文学和美术；可是在冷淡的空气中，也幸而寻到几个同志[1]了，此外又邀集了必须的几个人，商量之后，第一步当然是出杂志，名目是取“新的生命”的意思，因为我们那时大抵带些复古的倾向，所以只谓之《新生》。

《新生》的出版之期接近了，但最先就隐去了若干担当文字的人，接着又逃走了资本，结果只剩下不名一钱的三个人。创始时候既已

---

1 指许寿裳、袁文薮、周作人等，后来袁文薮前往英国留学，后文的“三个人”即鲁迅、许寿裳、周作人。

背时，失败时候当然无可告语，而其后却连这三个人也都为各自的运命所驱策，不能在一处纵谈将来的好梦了，这就是我们的并未产生的《新生》的结局。

我感到未尝经验的无聊，是自此以后的事。我当初是不知其所以然的；后来想，凡有一人的主张，得了赞和，是促其前进的，得了反对，是促其奋斗的，独有叫喊于生人中，而生人并无反应，既非赞同，也无反对，如置身毫无边际的荒原，无可措手的了，这是怎样的悲哀呵，我于是以我所感到者为寂寞。

这寂寞又一天一天的长大起来，如大毒蛇，缠住了我的灵魂了。

然而我虽然自有无端的悲哀，却也并不愤懑，因为这经验使我反省，看见自己了：就是我决不是一个振臂一呼应者云集的英雄。

只是我自己的寂寞是不可不驱除的，因为

这于我太痛苦。我于是用了种种法，来麻醉自己的灵魂，使我沉入于国民中，使我回到古代去，后来也亲历或旁观过几样更寂寞，更悲哀的事，都为我所不愿追怀，甘心使他们和我的脑一同消灭在泥土里的，但我的麻醉法却也似乎已经奏了功，再没有青年时候的慷慨激昂的意思了。

S 会馆[1]里有三间屋，相传是往昔曾在院子里的槐树上缢死过一个女人的，现在槐树已经高不可攀了，而这屋还没有人住；许多年，我便寓在这屋里钞古碑。客中少有人来，古碑中也遇不到什么问题和主义，而我的生命却居然暗暗的消去了，这也就是我惟一的愿望。夏夜，蚊子多了，便摇着蒲扇坐在槐树下，从密

1 即绍兴会馆，位于北京宣武门外南半截胡同。1912 年 5 月至 1919 年 11 月，作者曾居此处。

叶缝里看那一点一点的青天，晚出的槐蚕又每每冰冷的落在头颈上。

那时偶或来谈的是一个老朋友金心异[1]，将手提的大皮夹放在破桌上，脱下长衫，对面坐下了，因为怕狗[2]，似乎心房还在怦怦的跳动。

“你钞了这些有什么用？”有一夜，他翻着我那古碑的钞本[3]，发了研究的质问了。

“没有什么用。”

“那么，你钞他是什么意思呢？”

“没有什么意思。”

---

1 即钱玄同（1887—1939），文字学家。新文化运动倡导者，1918年至1919年间任《新青年》编辑。

2 刘半农曾记好友钱玄同怕狗趣事：“玄同昔常至余家，近乃不常至。所以然者，其初由于余家畜一狗，玄同怕狗，故望而却走耳。今狗已不畜，而玄同仍不来，狗之余威，固足吓玄同于五里之外也。”

3 鲁迅对中国古代造像、墓志等拓本的相关研究收录于《六朝造像目录》和《六朝墓名目录》（后者未完成）。

"我想，你可以做点文章……"

我懂得他的意思了，他们正办《新青年》[1]，然而那时仿佛不特没有人来赞同，并且也还没有人来反对，我想，他们许是感到寂寞了，但是说：

"假如一间铁屋子，是绝无窗户而万难破毁的，里面有许多熟睡的人们，不久都要闷死了，然而是从昏睡入死灭，并不感到就死的悲哀。现在你大嚷起来，惊起了较为清醒的几个人，使这不幸的少数者来受无可挽救的临终的苦楚，你倒以为对得起他们么？"

"然而几个人既然起来，你不能说决没有毁坏这铁屋的希望。"

是的。我虽然自有我的确信，然而说到希

---

1 《新青年》是一份综合性月刊，1915 年由陈独秀在上海创立。1917 年初，编辑部迁到北京，确立六大编辑，钱玄同为其一，这也标志着《新青年》知识分子群体的正式形成。同年 8 月 9 号，钱玄同邀请鲁迅加盟。

望，却是不能抹杀的，因为希望是在于将来，决不能以我之必无的证明，来折服了他之所谓可有，于是我终于答应他也做文章了，这便是最初的一篇《狂人日记》。从此以后，便一发而不可收，每写些小说模样的文章，以敷衍朋友们的嘱托，积久就有了十余篇。

在我自己，本以为现在是已经并非一个切迫而不能已于言的人了，但或者也还未能忘怀于当日自己的寂寞的悲哀罢，所以有时候仍不免呐喊几声，聊以慰藉那在寂寞里奔驰的猛士，使他不惮于前驱。至于我的喊声是勇猛或是悲哀，是可憎或是可笑，那倒是不暇顾及的；但既然是呐喊，则当然须听将令的了，所以我往往不恤用了曲笔，在《药》的瑜儿的坟上平空添上一个花环，在《明天》里也不叙单四嫂子竟没有做到看见儿子的梦，因为那时的主将是不主张消极的，至于自己，却也并不愿将自以为苦的寂寞，再来传染给也如我那年青时候似的正做着好梦的青年。

这样说来，我的小说和艺术的距离之远，也就可想而知了，然而到今日还能蒙着小说的名，甚而至于且有成集的机会，无论如何总不能不说是一件侥幸的事，但侥幸虽使我不安于心，而悬揣人间暂时还有读者，则究竟也仍然是高兴的。

所以我竟将我的短篇小说结集起来，而且付印了，又因为上面所说的缘由，便称之为《呐喊》。

一九二二年十二月三日，鲁迅记于北京。

从来如此，
便对么？

狂人日记

某君昆仲。今隐其名，皆余昔日在中学校时良友；分隔多年，消息渐阙。日前偶闻其一大病；适归故乡，迂道往访，则仅晤一人，言病者其弟也。劳君远道来视，然已早愈，赴某地候补[1]矣。因大笑，出示日记二册，谓可见当日病状，不妨献诸旧友。持归阅一过，知所患盖“迫害狂”之类。语颇错杂无伦次，又多

1　清朝没有补授实缺的官员。

荒唐之言；亦不著月日，惟墨色字体不一，知非一时所书。间亦有略具联络者，今撮录一篇，以供医家研究，记中语误，一字不易；惟人名虽皆村人，不为世间所知，无关大体，然亦悉易去。至于书名，则本人愈后所题，不复改也。七年四月二日识。

一

今天晚上，很好的月光。

我不见他，已是三十多年；今天见了，精神分外爽快。才知道以前的三十多年，全是发昏；然而须十分小心。不然，那赵家的狗，何以看我两眼呢？

我怕得有理。

二

今天全没月光，我知道不妙。早上小心出门，赵贵翁的眼色便怪：似乎怕我，似乎想害我。还有七八个人，交头接耳的议论我。又怕我看见。一路上的人，都是如此。其中最凶的一个人，张着嘴，对我笑了一笑；我便从头直冷到脚跟，晓得他们布置，都已妥当了。

我可不怕，仍旧走我的路。前面一伙小孩子，也在那里议论我；眼色也同赵贵翁一样，脸色也都铁青。我想我同小孩子有什么仇，他也这样。忍不住大声说："你告诉我！"他们可就跑了。

我想：我同赵贵翁有什么仇，同路上的人又有什么仇；只有廿年以前，把古久先生的陈年流水簿子，踹了一脚，古久先生很不高兴。

赵贵翁虽然不认识他，一定也听到风声，代抱不平；约定路上的人，同我作冤对。但是小孩子呢？那时候，他们还没有出世，何以今天也睁着怪眼睛，似乎怕我，似乎想害我。这真教我怕，教我纳罕而且伤心。

我明白了，这是他们娘老子教的！

三

晚上总是睡不着。凡事须得研究，才会明白。

他们——也有给知县打枷过的，也有给绅士掌过嘴的，也有衙役占了他妻子的，也有老子娘被债主逼死的；他们那时候的脸色，全没有昨天这么怕，也没有这么凶。

最奇怪的是昨天街上的那个女人，打他儿子，嘴里说道，“老子呀！我要咬你几口才出气！”他眼睛却看着我。我出了一惊，遮掩不住；那青面獠牙的一伙人，便都哄笑起来。陈老五赶上前，硬把我拖回家中了。

拖我回家，家里的人都装作不认识我；他们的眼色，也全同别人一样。进了书房，便反扣上门，宛然是关了一只鸡鸭。这一件事，越教我猜不出底细。

前几天，狼子村的佃户来告荒，对我大哥说，他们村里的一个大恶人，给大家打死了；几个人便挖出他的心肝来，用油煎炒了吃，可以壮壮胆子。我插了一句嘴，佃户和大哥便都看我几眼。今天才晓得他们的眼光，全同外面的那伙人一模一样。

二

想起来，我从顶上直冷到脚跟。

他们会吃人，就未必不会吃我。

你看那女人“咬你几口”的话，和一伙青面獠牙人的笑，和前天佃户的话，明明是暗号。我看出他话中全是毒，笑中全是刀，他们的牙齿，全是白厉厉的排着，这就是吃人的家伙。

照我自己想，虽然不是恶人，自从踹了古家的簿子，可就难说了。他们似乎别有心思，我全猜不出。况且他们一翻脸，便说人是恶人。我还记得大哥教我做论，无论怎样好人，翻他几句，他便打上几个圈；原谅坏人几句，他便说：“翻天妙手，与众不同”。我那里猜得到他们的心思，究竟怎样；况且是要吃的时候。

凡事总须研究，才会明白，古来时常吃人，我也还记得，可是不甚清楚。我翻开历史一查，这历史没有年代，歪歪斜斜的每页上都写着“仁义道德”几个字。我横竖睡不着，仔细看了半夜，才从字缝里看出字来，满本都写着两个字是“吃人”！

三

书上写着这许多字，佃户说了这许多话，却都笑吟吟的睁着怪眼睛看我。

我也是人，他们想要吃我了！

四

早上，我静坐了一会。陈老五送进饭来，一碗菜，一碗蒸鱼；这鱼的眼睛，白而且硬，张着嘴，同那一伙想吃人的人一样。吃了几筷，滑溜溜的不知是鱼是人，便把他兜肚连肠的吐出。

我说：“老五，对大哥说，我闷得慌，想到园里走走。”老五不答应，走了，停一会，可就来开了门。

我也不动，研究他们如何摆布我；知道他

们一定不肯放松。果然！我大哥引了一个老头子，慢慢走来；他满眼凶光，怕我看出，只是低头向着地，从眼镜横边暗暗看我。大哥说："今天你仿佛很好。"我说："是的。"大哥说："今天请何先生来，给你诊一诊。"我说："可以！"其实我岂不知道这老头子是刽子手扮的！无非借了看脉这名目，揣一揣肥瘠[1]：因这功劳，也分一片肉吃。我也不怕；虽然不吃人，胆子却比他们还壮。伸出两个拳头，看他如何下手。老头子坐着，闭了眼睛，摸了好一会，呆了好一会；便张开他鬼眼睛说："不要乱想。静静的养几天，就好了。"

不要乱想，静静的养！养肥了，他们是自然可以多吃；我有什么好处，怎么会"好了"？他们这群人，又想吃人，又是鬼鬼祟祟，想法

1　也作"肥膌"，意为肥瘦。

子遮掩，不敢直捷下手，真要令我笑死，我忍不住，便放声大笑起来，十分快活。自己晓得这笑声里面，有的是义勇和正气。老头子和大哥，都失了色，被我这勇气正气镇压住了。

但是我有勇气，他们便越想吃我，沾光一点这勇气。老头子跨出门，走不多远，便低声对大哥说道："赶紧吃罢！"大哥点点头。原来也有你！这一件大发见，虽似意外，也在意中：合伙吃我的人，便是我的哥哥！

吃人的是我哥哥！

我是吃人的人的兄弟！

我自己被人吃了，可仍然是吃人的人的兄弟！

五

这几天是退一步想：假使那老头子不是刽子手扮的，真是医生，也仍然是吃人的人。他们的祖师李时珍做的“本草什么”上，明明写着人肉可以煎吃；他还能说自己不吃人么？

至于我家大哥，也毫不冤枉他。他对我讲书的时候，亲口说过可以“易子而食”；又一回偶然议论起一个不好的人，他便说不但该杀，还当“食肉寝皮”[1]。我那时年纪还小，心跳了好半天。前天狼子村佃户来说吃心肝的事，他也毫不奇怪，不住的点头。可见心思是同从前一样狠。既然可以“易子而食”，便什么都易得，什么人都吃得。我从前单听他讲道理，也胡涂过去；现在晓得他讲道理的时候，

1　意为吃对方的肉，睡在对方的皮上，形容仇恨极深。

不但唇边还抹着人油，而且心里满装着吃人的意思。

六

黑漆漆的，不知是日是夜。赵家的狗又叫起来了。

狮子似的凶心，兔子的怯弱，狐狸的狡猾，……

七

我晓得他们的方法，直捷杀了，是不肯的，

而且也不敢，怕有祸祟。所以他们大家连络，布满了罗网，逼我自戕。试看前几天街上男女的样子，和这几天我大哥的作为，便足可悟出八九分了。最好是解下腰带，挂在梁上，自己紧紧勒死；他们没有杀人的罪名，又偿了心愿，自然都欢天喜地的发出一种呜呜咽咽的笑声。否则惊吓忧愁死了，虽则略瘦，也还可以首肯几下。

他们是只会吃死肉的！——记得什么书上说，有一种东西，叫“海乙那”[1]的，眼光和样子都很难看；时常吃死肉，连极大的骨头，都细细嚼烂，咽下肚子去，想起来也教人害怕。“海乙那”是狼的亲眷，狼是狗的本家。前天赵家的狗，看我几眼，可见他也同谋，早已接洽。老头子眼看着地，岂能瞒得我过。

1　英语“hyena”的音译，即鬣狗。

最可怜的是我的大哥，他也是人，何以毫不害怕；而且合伙吃我呢？还是历来惯了，不以为非呢？还是丧了良心，明知故犯呢？

我诅咒吃人的人，先从他起头；要劝转吃人的人，也先从他下手。

八

其实这种道理，到了现在，他们也该早已懂得，……

忽然来了一个人；年纪不过二十左右，相貌是不很看得清楚，满面笑容，对了我点头，他的笑也不像真笑。我便问他，“吃人的事，对么？”他仍然笑着说，“不是荒年，怎么会吃人。”我立刻就晓得，他也是一伙，喜欢吃人的；便自勇气百倍，偏要问他。

“对么？”

“这等事问他甚么。你真会……说笑话。……今天天气很好。”

天气是好，月色也很亮了。可是我要问你，“对么？”

他不以为然了。含含胡胡的答道，“不……”

“不对？他们何以竟吃？！”

“没有的事……”

“没有的事？狼子村现吃；还有书上都写着，通红斩新！”

他便变了脸，铁一般青。睁着眼说，“有许有的，这是从来如此……”

“从来如此，便对么？”

“我不同你讲这些道理；总之你不该说，你说便是你错！”

我直跳起来，张开眼，这人便不见了。全

身出了一大片汗，他的年纪，比我大哥小得远，居然也是一伙；这一定是他娘老子先教的。还怕已经教给他儿子了；所以连小孩子，也都恶狠狠的看我。

九

自己想吃人，又怕被别人吃了，都用着疑心极深的眼光，面面相觑。……

去了这心思，放心做事走路吃饭睡觉，何等舒服。这只是一条门槛，一个关头。他们可是父子，兄弟，夫妇，朋友，师生，仇敌和各不相识的人，都结成一伙，互相劝勉，互相牵掣，死也不肯跨过这一步。

十

大清早，去寻我大哥；他立在堂门外看天，我便走到他背后，拦住门，格外沉静，格外和气的对他说：

“大哥，我有话告诉你。”

“你说就是。”他赶紧回过脸来，点点头。

“我只有几句话，可是说不出来。大哥，大约当初野蛮的人，都吃过一点人。后来因为心思不同，有的不吃人了，一味要好，便变了人，变了真的人。有的却还吃，——也同虫子一样，有的变了鱼，鸟，猴子，一直变到人。有的不要好，至今还是虫子。这吃人的人比不吃人的人，何等惭愧。怕比虫子的惭愧猴子，还差得很远很远。

“易牙[1]蒸了他儿子，给桀纣吃，还是一直从前的事。谁晓得从盘古开辟天地以后，一直吃到易牙的儿子；从易牙的儿子，一直吃到徐锡林[2]；从徐锡林，又一直吃到狼子村捉住的人。去年城里杀了犯人，还有一个生痨病的人，用馒头蘸血舐。

“他们要吃我，你一个人，原也无法可想；然而又何必去入伙。吃人的人，什么事做不出；他们会吃我，也会吃你，一伙里面，也会自吃。但只要转一步，只要立刻改了，也就人人太平。虽然从来如此，我们今天也可以格外要好，说是不能！大哥，我相信你能说，前天佃户要减租，你说过不能。”

1　齐桓公宠臣，善于调味，因齐桓公说没吃过蒸婴儿肉，把自己的孩子蒸给齐桓公吃；而夏桀和商纣出现在这里，是为了体现狂人错位的言语。

2　即徐锡麟（1873—1907），晚清革命家，光复会成员，行刺安徽巡抚恩铭失败后，其心肝被恩铭的军士剖出分食。

当初，他还只是冷笑，随后眼光便凶狠起来，一到说破他们的隐情，那就满脸都变成青色了。大门外立着一伙人，赵贵翁和他的狗，也在里面，都探头探脑的挨进来。有的是看不出面貌，似乎用布蒙着；有的是仍旧青面獠牙，抿着嘴笑。我认识他们是一伙，都是吃人的人。可是也晓得他们心思很不一样，一种是以为从来如此，应该吃的；一种是知道不该吃，可是仍然要吃，又怕别人说破他，所以听了我的话，越发气愤不过，可是抿着嘴冷笑。

这时候，大哥也忽然显出凶相，高声喝道：

“都出去！疯子有什么好看！”

这时候，我又懂得一件他们的巧妙了。他们岂但不肯改，而且早已布置；预备下一个疯子的名目罩上我。将来吃了，不但太平无事，怕还会有人见情。佃户说的大家吃了一个恶人，正是这方法。这是他们的老谱！

陈老五也气愤愤的直走进来。如何按得住我的口，我偏要对这伙人说，

“你们可以改了，从真心改起！要晓得将来容不得吃人的人，活在世上。

“你们要不改，自己也会吃尽。即使生得多，也会给真的人除灭了，同猎人打完狼子一样！——同虫子一样！”

那一伙人，都被陈老五赶走了。大哥也不知那里去了。陈老五劝我回屋子里去。屋里面全是黑沉沉的。横梁和椽子都在头上发抖；抖了一会，就大起来，堆在我身上。

万分沉重，动弹不得；他的意思是要我死。我晓得他的沉重是假的，便挣扎出来，出了一身汗。可是偏要说，

“你们立刻改了，从真心改起！你们要晓得将来是容不得吃人的人，……”

十一

太阳也不出，门也不开，日日是两顿饭。

我捏起筷子，便想起我大哥；晓得妹子死掉的缘故，也全在他。那时我妹子才五岁，可爱可怜的样子，还在眼前。母亲哭个不住，他却劝母亲不要哭；大约因为自己吃了，哭起来不免有点过意不去。如果还能过意不去，……

妹子是被大哥吃了，母亲知道没有，我可不得而知。

母亲想也知道；不过哭的时候，却并没有说明，大约也以为应当的了。记得我四五岁时，坐在堂前乘凉，大哥说爷娘生病，做儿子的须割下一片肉来，煮熟了请他吃，才算好人；母亲也没有说不行。一片吃得，整个的自然也吃得。但是那天的哭法，现在想起来，实在还教人伤心，这真是奇极的事！

十二

不能想了。

四千年来时时吃人的地方，今天才明白，我也在其中混了多年；大哥正管着家务，妹子恰恰死了，他未必不和在饭菜里，暗暗给我们吃。

我未必无意之中，不吃了我妹子的几片肉，现在也轮到我自己，……

有了四千年吃人履历的我，当初虽然不知道，现在明白，难见真的人！

十三

没有吃过人的孩子，或者还有？

救救孩子……

一九一八年四月[1]。

1　《狂人日记》正式发表于 1915 年 5 月 15 日，是鲁迅在《新青年》上刊发的第一篇白话文小说，也是他首次采用“鲁迅”这个笔名。

读书人的事，能算偷么？

孔乙己

鲁镇的酒店的格局，是和别处不同的：都是当街一个曲尺形的大柜台，柜里面预备着热水，可以随时温酒。做工的人，傍午傍晚散了工，每每花四文铜钱，买一碗酒，——这是二十多年前的事，现在每碗要涨到十文，——靠柜外站着，热热的喝了休息；倘肯多花一文，便可以买一碟盐煮笋，或者茴香豆，做下酒物了，如果出到十几文，那就能买一样荤菜，但这些顾客，多是短衣帮，大抵没有这样阔绰。

只有穿长衫的，才踱进店面隔壁的房子里，要酒要菜，慢慢地坐喝。

我从十二岁起，便在镇口的咸亨酒店里当伙计，掌柜说，样子太傻，怕侍候不了长衫主顾，就在外面做点事罢。外面的短衣主顾，虽然容易说话，但唠唠叨叨缠夹不清的也很不少。他们往往要亲眼看着黄酒从坛子里舀出，看过壶子底里有水没有，又亲看将壶子放在热水里，然后放心：在这严重监督之下，羼水[1]也很为难。所以过了几天，掌柜又说我干不了这事。幸亏荐头的情面大，辞退不得，便改为专管温酒的一种无聊职务了。

我从此便整天的站在柜台里，专管我的职务。虽然没有什么失职，但总觉有些单调，有些无聊。掌柜是一副凶脸孔，主顾也没有好声气，教人活泼不得；只有孔乙己到店，才可以

1　即兑水。

笑几声，所以至今还记得。

孔乙己是站着喝酒而穿长衫的唯一的人。他身材很高大；青白脸色，皱纹间时常夹些伤痕；一部乱蓬蓬的花白的胡子。穿的虽然是长衫，可是又脏又破，似乎十多年没有补，也没有洗。他对人说话，总是满口之乎者也，教人半懂不懂的。因为他姓孔，别人便从描红纸上的“上大人孔乙己”这半懂不懂的话里，替他取下一个绰号，叫作孔乙己。孔乙己一到店，所有喝酒的人便都看着他笑，有的叫道：“孔乙己，你脸上又添上新伤疤了！”他不回答，对柜里说：“温两碗酒，要一碟茴香豆。”便排出九文大钱。他们又故意的高声嚷道：“你一定又偷了人家的东西了！”孔乙己睁大眼睛说：“你怎么这样凭空污人清白……”“什么清白？我前天亲眼见你偷了何家的书，吊着打。”孔乙己便涨红了脸，额上的青筋条条绽出，争辩道："窃书不能算偷……窃书！……读书人的事，能算偷么？"接连便是难懂的话，什么"君子固穷"，什么"者乎"之类，引得众人都哄笑起来；店内外充满了快活的空气。

听人家背地里谈论，孔乙己原来也读过书，但终于没有进学，又不会营生；于是愈过愈穷，弄到将要讨饭了。幸而写得一笔好字，便替人家钞钞书，换一碗饭吃。可惜他又有一样坏脾气，便是好喝懒做。坐不到几天，便连人和书籍纸张笔砚，一齐失踪。如是几次，叫他钞书的人也没有了。孔乙己没有法，便免不了偶然做些偷窃的事。但他在我们店里，品行却比别人都好，就是从不拖欠；虽然间或没有现钱，暂时记在粉板上，但不出一月，定然还清，从粉板上拭去了孔乙己的名字。

孔乙己喝过半碗酒，涨红的脸色渐渐复了原，旁人便又问道，"孔乙己，你当真认识字么？”孔乙己看着问他的人，显出不屑置辩的神气。他们便接着说道：“你怎的连半个秀才也捞不到呢？”孔乙己立刻显出颓唐不安模样，脸上笼上了一层灰色，嘴里说些话；这回可是全是之乎者也之类，一些不懂了。在这时候，众人也都哄笑起来：店内外充满了快活的空气。

在这些时候，我可以附和着笑，掌柜是决不责备的。而且掌柜见了孔乙己，也每每这样问他，引人发笑。孔乙己自己知道不能和他们谈天，便只好向孩子说话。有一回对我说道，“你读过书么？”我略略点一点头。他说，“读过书，……我便考你一考。茴香豆的茴字，怎样写的？”我想，讨饭一样的人，也配考我么？便回过脸去，不再理会。孔乙己等了许久，很恳切的说道：“不能写罢？……我教给你，记着！这些字应该记着。将来做掌柜的时候，写账要用。”我暗想我和掌柜的等级还很远呢，而且我们掌柜也从不将茴香豆上账；又好笑，又不耐烦，懒懒的答他道：“谁要你教，不是草头底下一个来回的回字么？”孔乙己显出极高兴的样子，将两个指头的长指甲敲着柜台，点头说：“对呀对呀！……回字有四样写法，你知道么？”我愈不耐烦了，努着嘴走远。孔乙己刚用指甲蘸了酒，想在柜上写字，见我毫不热心，便又叹一口气，显出极惋惜的样子。

有几回，邻舍孩子听得笑声，也赶热闹，围住了孔乙己，他便给他们茴香豆吃，一人一颗。孩子吃完豆，仍然不散，眼睛都望着碟子。孔乙己着了慌，伸开五指将碟子罩住，弯腰下去说道：“不多了，我已经不多了。”直起身又看一看豆，自己摇头说：“不多不多！多乎哉？不多也。”于是这一群孩子都在笑声里走散了。

孔乙己是这样的使人快活，可是没有他，别人也便这么过。

有一天，大约是中秋前的两三天，掌柜正在慢慢的结账，取下粉板，忽然说："孔乙己长久没有来了。还欠十九个钱呢！"我才也觉得他的确长久没有来了。一个喝酒的人说道，"他怎么会来？……他打折了腿了。"掌柜说："哦！""他总仍旧是偷。这一回，是自己发昏，竟偷到丁举人家里去了。他家的东西，偷得的么？""后来怎么样？""怎么样？先写服辩，后来是打，打了大半夜，再打折了腿。""后来呢？""后来打折了腿了。""打折了怎样呢？""怎样？……谁晓得？许是死了。"掌柜也不再问，仍然慢慢的算他的账。

中秋过后，秋风是一天凉比一天，看看将近初冬；我整天的靠着火，也须穿上棉袄了。一天的下半天，没有一个顾客，我正合了眼坐着。忽然间听得一个声音，“温一碗酒。”这声音虽然极低，却很耳熟。看时又全没有人。站起来向外一望，那孔乙己便在柜台下对了门槛坐着。他脸上黑而且瘦，已经不成样子；穿一件破夹袄，盘着两腿，下面垫一个蒲包，用草绳在肩上挂住；见了我，又说道，“温一碗酒。”掌柜也伸出头去，一面说：“孔乙己么？你还欠十九个钱呢！”孔乙己很颓唐的仰面答道，“这……下回还清罢。这一回是现钱，酒要好。”掌柜仍然同平常一样，笑着对他说，“孔乙己，你又偷了东西了！”但他这回却不十分分辩，单说了一句：“不要取笑！”“取笑？要是不偷，怎么会打断腿？”孔乙己低声说道，“跌断，跌，跌……”他的眼色，很像恳求掌柜，不要再提。此时已经聚集了几个人，便和掌柜都笑了。我温了酒，端出去，放在门槛上。他从破衣袋里摸出四文大钱，放在我手里，见他满手是泥，原来他便用这手走来的。不一会，他喝完酒，便又在旁人的说笑声中，坐着用这手慢慢走去了。

自此以后，又长久没有看见孔乙己。到了年关，掌柜取下粉板说：“孔乙己还欠十九个钱呢！”到第二年的端午，又说：“孔乙己还欠十九个钱呢！”到中秋可是没有说，再到年关也没有看见他。

我到现在终于没有见——大约孔乙己的确死了。

药

一

秋天的后半夜，月亮下去了，太阳还没有出，只剩下一片乌蓝的天；除了夜游的东西，什么都睡着。华老栓忽然坐起身。擦着火柴，点上遍身油腻的灯盏，茶馆的两间屋子里，便弥满了青白的光。

“小栓的爹，你就去么？”是一个老女人

的声音。里边的小屋子里，也发出一阵咳嗽。

“唔。”老栓一面听，一面应，一面扣上衣服；伸手过去说，“你给我罢。”

华大妈在枕头底下掏了半天，掏出一包洋钱，交给老栓，老栓接了，抖抖的装入衣袋，又在外面按了两下；便点上灯笼，吹熄灯盏，走向里屋子去了。那屋子里面，正在窸窸窣窣的响，接着便是一通咳嗽。

老栓候他平静下去，才低低的叫道：“小栓……你不要起来。……店么？你娘会安排的。”

老栓听得儿子不再说话，料他安心睡了；便出了门，走到街上。街上黑沉沉的一无所有，只有一条灰白的路，看得分明。灯光照着他的两脚，一前一后的走。有时也遇到几只狗，可是一只也没有叫。天气比屋子里冷得多了；老栓倒觉爽快，仿佛一旦变了少年，得了神通，有给人生命的本领似的，跨步格外高远。而且路也愈走愈分明，天也愈走愈亮了。

老栓正在专心走路，忽然吃了一惊，远远里看见一条丁字街，明明白白横着。他便退了几步，寻到一家关着门的铺子，蹩进檐下，靠门立住了。好一会，身上觉得有些发冷。

“哼，老头子。”

“倒高兴。……”

老栓又吃一惊，睁眼看时，几个人从他面前过去了。一个还回头看他，样子不甚分明，但很像久饿的人见了食物一般，眼里闪出一种攫取的光。老栓看看灯笼，已经熄了。按一按衣袋，硬硬的还在。仰起头两面一望，只见许多古怪的人，三三两两，鬼似的在那里徘徊；定睛再看，却也看不出什么别的奇怪。

没有多久，又见几个兵，在那边走动；衣服前后的一个大白圆圈，远地里也看得清楚，走过面前的，并且看出号衣上暗红色的镶边。——一阵脚步声响，一眨眼，已经拥过了一大簇人。那三三两两的人，也忽然合作一堆，潮一般向前赶；将到丁字街口，便突然立住，簇成一个半圆。

老栓也向那边看，却只见一堆人的后背；颈项都伸得很长，仿佛许多鸭，被无形的手捏住了的，向上提着。静了一会，似乎有点声音，便又动摇起来，轰的一声，都向后退；一直散到老栓立着的地方，几乎将他挤倒了。

“喂！一手交钱，一手交货！”一个浑身黑色的人，站在老栓面前，眼光正像两把刀。刺得老栓缩小了一半。那人一只大手，向他摊着；一只手却撮着一个鲜红的馒头，那红的还是一点一点的往下滴。

老栓慌忙摸出洋钱，抖抖的想交给他，却又不敢去接他的东西。那人便焦急起来，嚷道，“怕什么！怎的不拿！”老栓还踌躇着；黑的人便抢过灯笼，一把扯下纸罩，裹了馒头，塞与老栓；一手抓过洋钱，捏一捏，转身去了。嘴里哼着说：“这老东西……。”

“这给谁治病的呀？”老栓也似乎听得有人问他，但他并不答应；他的精神，现在只在一个包上，仿佛抱着一个十世单传的婴儿，别的事情，都已置之度外了。他现在要将这包里的新的生命，移植到他家里，收获许多幸福。太阳也出来了；在他面前，显出一条大道，直到他家中，后面也照见丁字街头破匾上“古□亭口”这四个黯淡的金字。

二

老栓走到家，店面早经收拾干净，一排一

排的茶桌，滑溜溜的发光。但是没有客人；只有小栓坐在里排的桌前吃饭，大粒的汗，从额上滚下，夹袄也帖住了脊心，两块肩胛骨高高凸出，印成一个阳文[1]的“八”字。老栓见这样子，不免皱一皱展开的眉心。他的女人，从灶下急急走出，睁着眼睛，嘴唇有些发抖。

“得了么？”

“得了。”

两个人一齐走进灶下，商量了一会；华大妈便出去了，不多时，拿着一片老荷叶回来，摊在桌上。老栓也打开灯笼罩，用荷叶重新包了那红的馒头。小栓也吃完饭，他的母亲慌忙说：——

“小栓——你坐着，不要到这里来。”

一面整顿了灶火，老栓便把一个碧绿的包，

1 印章上刻出或器物上铸成的凸出文字或花纹。

一个红红白白的破灯笼，一同塞在灶里；一阵红黑的火焰过去时，店屋里散满了一种奇怪的香味。

“好香！你们吃什么点心呀？”这是驼背五少爷到了。这人每天总在茶馆里过日，来得最早，去得最迟，此时恰恰蹩到临街的壁角的桌边，便坐下问话，然而没有人答应他。“炒米粥么？”仍然没有人应。老栓匆匆走出，给他泡上茶。

“小栓进来罢！”华大妈叫小栓进了里面的屋子，中间放好一条凳，小栓坐了。他的母亲端过一碟乌黑的圆东西，轻轻说：——

“吃下去罢，——病便好了。”

小栓撮起这黑东西，看了一会，似乎拿着自己的性命一般，心里说不出的奇怪。十分小心的拗开了，焦皮里面窜出一道白气，白气散了，是两半个白面的馒头。——不多工夫，已经全在肚里了，却全忘了什么味；面前只剩下一张空盘。他的旁边，一面立着他的父亲，一面立着他的母亲，两人的眼光，都仿佛要在他身里注进什么又要取出什么似的；便禁不住心跳起来，按着胸膛，又是一阵咳嗽。

“睡一会罢，——便好了。”

小栓依他母亲的话，咳着睡了。华大妈候他喘气平静，才轻轻的给他盖上了满幅补钉的夹被。

三

店里坐着许多人，老栓也忙了，提着大铜壶，一趟一趟的给客人冲茶；两个眼眶，都围着一圈黑线。

“老栓，你有些不舒服么？——你生病么？”一个花白胡子的人说。

“没有。”

“没有！——我想笑嘻嘻的，原也不像……”花白胡子便取消了自己的话。

“老栓只是忙。要是他的儿子……”驼背五少爷话还未完，突然闯进了一个满脸横肉的人，披一件玄色布衫，散着纽扣，用很宽的玄色腰带，胡乱捆在腰间。刚进门，便对老栓嚷道：——

“吃了么？好了么？老栓，就是运气了你！你运气，要不是我信息灵。……”

老栓一手提了茶壶，一手恭恭敬敬的垂着；笑嘻嘻的听。满座的人，也都恭恭敬敬的听。华大妈也黑着眼眶，笑嘻嘻的送出茶碗茶叶来，加上一个橄榄，老栓便去冲了水。

“这是包好！这是与众不同的。你想，趁

热的拿来，趁热吃下。”横肉的人只是嚷。

“真的呢，要没有康大叔照顾，怎么会这样……”华大妈也很感激的谢他。

“包好，包好！这样的趁热吃下。这样的人血馒头，什么痨病都包好！”

华大妈听到“痨病”这两个字，变了一点脸色，似乎有些不高兴；但又立刻堆上笑；搭赸着走开了。这康大叔却没有觉察，仍然提高了喉咙只是嚷，嚷得里面睡着的小栓也合伙咳嗽起来。

“原来你家小栓碰到了这样的好运气了。这病自然一定全好；怪不得老栓整天的笑着呢。”花白胡子一面说，一面走到康大叔面前，低声下气的问道，“康大叔——听说今天结果的一个犯人，便是夏家的孩子，那是谁的孩子？究竟是什么事？”

“谁的？不就是夏四奶奶的儿子么？那个

小家伙！”康大叔见众人都耸起耳朵听他，便格外高兴，横肉块块饱绽，越发大声说，“这小东西不要命，不要就是了。我可是这一回一点没有得到好处；连剥下来的衣服，都给管牢的红眼睛阿义拿去了。——第一要算我们栓叔运气；第二是夏三爷赏了二十五两雪白的银子，独自落腰包，一文不花。”

小栓慢慢的从小屋子走出，两手按了胸口，不住的咳嗽；走到灶下，盛出一碗冷饭，泡上热水，坐下便吃。华大妈跟着他走，轻轻的问道，“小栓你好些么？——你仍旧只是肚饿？……”

“包好，包好！”康大叔瞥了小栓一眼，仍然回过脸，对众人说，“夏三爷真是乖角儿，要是他不先告官，连他满门抄斩。现在怎样？银子！——这小东西也真不成东西！关在牢里，还要劝牢头造反。”

“阿呀，那还了得。”坐在后排的一个二十多岁的人，很现出气愤模样。

“你要晓得红眼睛阿义是去盘盘底细的，他却和他攀谈了。他说：这大清的天下是我们大家的。你想：这是人话么？红眼睛原知道他家里只有一个老娘，可是没有料到他竟会那么穷，榨不出一点油水，已经气破肚皮了。他还要老虎头上搔痒，便给他两个嘴巴！”

“义哥是一手好拳棒，这两下，一定够他受用了。”壁角的驼背忽然高兴起来。

“他这贱骨头打不怕，还要说可怜可怜哩。”

花白胡子的人说，“打了这种东西，有什么可怜呢？”

康大叔显出看他不上的样子，冷笑着说，“你没有听清我的话；看他神气，是说阿义可怜哩！”

听着的人的眼光，忽然有些板滞；话也停

顿了，小栓已经吃完饭，吃得满身流汗，头上都冒出蒸气来。

“阿义可怜——疯话，简直是发了疯了。”花白胡子恍然大悟似的说。

“发了疯了。”二十多岁的人也恍然大悟的说。

店里的坐客，便又现出活气，谈笑起来。小栓也趁着热闹，拚命咳嗽；康大叔走上前，拍他肩膀说：——

“包好！小栓——你不要这么咳。包好！”

“疯了。”驼背五少爷点着头说。

西关外靠着城根的地面，本是一块官地；

中间歪歪斜斜一条细路，是贪走便道的人，用鞋底造成的，但却成了自然的界限。路的左边，都埋着死刑和瘐毙[1]的人，右边是穷人的丛冢。两面都已埋到层层迭迭，宛然阔人家里祝寿时候的馒头。

这一年的清明，分外寒冷；杨柳才吐出半粒米大的新芽。天明未久，华大妈已在右边的一坐新坟前面，排出四碟菜，一碗饭，哭了一场。化过纸，呆呆的坐在地上；仿佛等候什么似的，但自己也说不出等候什么。微风起来，吹动他短发，确乎比去年白得多了。

小路上又来了一个女人，也是半白头发，褴褛的衣裙；提一个破旧的朱漆圆篮，外挂一串纸锭，三步一歇的走。忽然见华大妈坐在地上看他，便有些踌躇，惨白的脸上，现出些羞

1　指在监狱里因受刑、生病或冻饿而死。

愧的颜色；但终于硬着头皮，走到左边的一坐坟前，放下了篮子。

那坟与小栓的坟，一字儿排着，中间只隔一条小路。华大妈看他排好四碟菜，一碗饭，立着哭了一通，化过纸锭；心里暗暗地想，“这坟里的也是儿子了。”那老女人徘徊观望了一回，忽然手脚有些发抖，跄跄踉踉退下几步，瞪着眼只是发怔。

华大妈见这样子，生怕他伤心到快要发狂了；便忍不住立起身，跨过小路，低声对他说，“你这位老奶奶不要伤心了，——我们还是回去罢。”

那人点一点头，眼睛仍然向上瞪着；也低声吃吃的说道，“你看。——看这是什么呢？”

华大妈跟了他指头看去，眼光便到了前面的坟，这坟上草根还没有全合，露出一块一块的黄土，煞是难看。再往上仔细看时，却不觉也吃一惊；——分明有一圈红白的花，围着那尖圆的坟顶。

他们的眼睛都已老花多年了，但望这红白的花，却还能明白看见。花也不很多，圆圆的排成一个圆，不很精神，倒也整齐。华大妈忙看他儿子和别人的坟，却只有不怕冷的几点青白小花，零星开着；便觉得心里忽然感到一种不足和空虚，不愿意根究。那老女人又走近几步，细看了一遍，自言自语的说，“这没有根，不像自己开的。——这地方有谁来呢？孩子不会来玩；——亲戚本家早不来了。——这是怎么一回事呢？”他想了又想，忽又流下泪来，大声说道：——

“瑜儿，他们都冤枉了你，你还是忘不了，伤心不过，今天特意显点灵，要我知道么？”他四面一看，只见一只乌鸦，站在一株没有叶的树上，便接着说，“我知道了。——瑜儿，可怜他们坑了你，他们将来总有报应，天都知道；你闭了眼睛就是了。——你如果真在这里，听到我的话，——便教这乌鸦飞上你的坟顶，给我看罢。”

微风早经停息了；枯草支支直立，有如铜丝。一丝发抖的声音，在空气中愈颤愈细，细到没有，周围便都是死一般静。两人站在枯草丛里，仰面看那乌鸦；那乌鸦也在笔直的树枝间，缩着头，铁铸一般站着。

许多的工夫过去了；上坟的人渐渐增多，几个老的小的，在土坟间出没。

华大妈不知怎的，似乎卸下了一挑重担，便想到要走；一面劝着说，“我们还是回去罢。”

那老女人叹一口气。无精打采的收起饭菜；又迟疑了一刻，终于慢慢地走了。嘴里自言自语的说，“这是怎么一回事呢？……”

他们走不上二三十步远，忽听得背后“哑——”的一声大叫；两个人都竦然的回过头，只见那乌鸦张开两翅，一挫身，直向着远处的天空，箭也似的飞去了。

一九一九年四月。

只有那暗夜为想变成明天，却仍在这寂静里奔波。

明天

“没有声音，——小东西怎了？”

红鼻子老拱手里擎了一碗黄酒，说着，向间壁努一努嘴。蓝皮阿五便放下酒碗，在他脊梁上用死劲的打了一掌，含含糊糊嚷道：——

“你……你你又在想心思。……”

原来鲁镇是僻静地方，还有些古风：不上一更，大家便都关门睡觉。深更半夜没有睡的只有两家：一家是咸亨酒店，几个酒肉朋友围着柜台，吃喝得正高兴；一家便是间壁的单四嫂子，他自从前年守了寡，便须专靠着自己的一双手纺出棉纱来，养活他自己和他三岁的儿子，所以睡的也迟。

这几天，确凿没有纺纱的声音了。但夜深没有睡的既然只有两家，这单四嫂子家有声音，便自然只有老拱们听到，没有声音，也只有老拱们听到。

老拱挨了打。仿佛很舒服似的喝了一大口酒，呜呜的唱起小曲来。

这时候，单四嫂子正抱着他的宝儿，坐在床沿上，纺车静静的立在地上。黑沉沉的灯光，照着宝儿的脸，绯红里带一点青。单四嫂子心里计算：神签也求过了，愿心也许过了，单方也吃过了，要是还不见效，怎么好？——那只有去诊何小仙了。但宝儿也许是日轻夜重，到了明天，太阳一出，热也会退，气喘也会平的：这实在是病人常有的事。

单四嫂子是一个粗笨女人，不明白这“但”字的可怕：许多坏事固然幸亏有了他才变好，许多好事却也因为有了他都弄糟。夏天夜短，老拱们呜呜的唱完了不多时，东方已经发白；不一会，窗缝里透进了银白色的曙光。

单四嫂子等候天明，却不像别人这样容易，觉得非常之慢，宝儿的一呼吸，几乎长过一年。现在居然明亮了；天的明亮，压倒了灯光，——看见宝儿的鼻翼，已经一放一收的扇动。

单四嫂子知道不妙，暗暗叫一声“阿呀！”心里计算；怎么好？只有去诊何小仙这一条路了。他虽然是粗笨女人，心里却有决断，便站起身，从木柜子里掏出每天节省下来的十三个小银元和一百八十铜钱，都装在衣袋里，锁上门，抱着宝儿直向何家奔过去。

天气还早，何家已经坐着四个病人了。他摸出四角银元，买了号签，第五个便轮到宝儿。

何小仙伸开两个指头按脉，指甲足有四寸多长，单四嫂子暗地纳罕，心里计算：宝儿该有活命了。但总免不了着急，忍不住要问，便局局促促的说：——

“先生，——我家的宝儿什么病呀？”

“他中焦塞着。”

“不妨事么？他……”

“先去吃两帖。”

“他喘不过气来，鼻翅子都扇着呢。”

“这是火克金……”

何小仙说了半句话，便闭上眼睛；单四嫂子也不好意思再问。在何小仙对面坐着的一个三十多岁的人，此时已经开好一张药方，指着纸角上的几个字说道：——

“这第一味保婴活命丸，须是贾家济世老店才有！”

单四嫂子接过药方，一面走，一面想。他

虽是粗笨女人，却知道何家与济世老店与自己的家，正是一个三角点；自然是买了药回去便宜了。于是又径向济世老店奔过去。店伙也翘了长指甲慢慢的看方，慢慢的包药。单四嫂子抱了宝儿等着；宝儿忽然擎起小手来，用力拔他散乱着的一绺头发，这是从来没有的举动，单四嫂子怕得发怔。

太阳早出了。单四嫂子抱了孩子，带着药包，越走觉得越重；孩子又不住的挣扎，路也觉得越长。没奈何坐在路旁一家公馆的门槛上，休息了一会，衣服渐渐的冰着肌肤，才知道自己出了一身汗；宝儿却仿佛睡着了。他再起来慢慢地走，仍然支撑不得，耳朵边忽然听得人说：——

“单四嫂子我替你抱勃罗！”似乎是蓝皮阿五的声音。

他抬头看时，正是蓝皮阿五，睡眼朦胧的

跟着他走。

单四嫂子在这时候，虽然很希望降下一员天将，助他一臂之力，却不愿是阿五。但阿五有点侠气，无论如何，总是偏要帮忙，所以推让了一会，终于得了许可了。他便伸开臂膊，从单四嫂子的乳房和孩子中间，直伸下去，抱去了孩子。单四嫂子便觉乳房上发了一条热，刹时间直热到脸上和耳根。

他们两人离开了二尺五寸多地，一同走着。阿五说些话，单四嫂子却大半没有答。走了不多时候，阿五又将孩子还给他，说是昨天与朋友约定的吃饭时候到了；单四嫂子便接了孩子。幸而不远便是家，早看见对门的王九妈在街边坐着，远远地说话：

"单四嫂子，孩子怎了？——看过先生了么？"

"看是看了。——王九妈，你有年纪，见的多，不如请你老法眼看一看，怎样……"

"唔……"

"怎样……？"

"唔……"王九妈端详了一番，把头点了两点，摇了两摇。

宝儿吃下药，已经是午后了。单四嫂子留心看他神情，似乎仿佛平稳了不少；到得下午，忽然睁开眼叫一声"妈！"又仍然合上眼，象是睡去了。他睡了一刻，额上鼻尖都沁出一粒一粒的汗珠，单四嫂子轻轻一摸，胶水般粘着手；慌忙去摸胸口，便禁不住呜咽起来。

宝儿的呼吸从平稳变到没有，单四嫂子的声音也就从呜咽变成号咷。这时聚集了几堆人：门内是王九妈蓝皮阿五之类，门外是咸亨的掌柜和红鼻子老拱之类。王九妈便发命令，烧了一串纸钱；又将两条板凳和五件衣服作抵，替单四嫂子借了两块洋钱，给帮忙的人备饭。

第一个问题是棺木。单四嫂子还有一副银

耳环和一支裹金的银簪，都交给了咸亨的掌柜，托他作一个保，半现半赊的买一具棺木。蓝皮阿五也伸出手来，很愿意自告奋勇：王九妈却不许他，只准他明天抬棺材的差使，阿五骂了一声“老畜生”，快快的努了嘴站着。掌柜便自去了；晚上回来，说棺木须得现做，后半夜才成功。

掌柜回来的时候，帮忙的人早吃过饭；因为鲁镇还有些古风，所以不上一更，便都回家睡觉了。只有阿五还靠着咸亨的柜台喝酒，老拱也呜呜的唱。

这时候，单四嫂子坐在床沿上哭着，宝儿在床上躺着，纺车静静的在地上立着。许多工夫，单四嫂子的眼泪宣告完结了，眼睛张得很大，看看四面的情形，觉得奇怪：所有的都是不会有的事。他心里计算：不过是梦罢了，这些事都是梦。明天醒过来，自己好好的睡在床上，宝儿也好好的睡在自己身边。他也醒过来，叫一声“妈”，生龙活虎似的跳去玩了。

老拱的歌声早经寂静，咸亨也熄了灯。单四嫂子张着眼，总不信所有的事。——鸡也叫了；东方渐渐发白，窗缝里透进了银白色的曙光。

银白的曙光又渐渐显出绯红，太阳光接着照到屋脊。单四嫂子张着眼，呆呆坐着；听得打门声音，才吃了一吓，跑出去开门。门外一个不认识的人，背了一件东西；后面站着王九妈。

哦，他们背了棺材来了。

下半天，棺木才合上盖：因为单四嫂子哭一回，看一回，总不肯死心塌地的盖上；幸亏王九妈等得不耐烦，气愤愤的跑上前，一把拖开他，才七手八脚的盖上了。

但单四嫂子待他的宝儿，实在已经尽了心，

再没有什么缺陷。昨天烧过一串纸钱，上午又烧了四十九卷《大悲咒》；收敛的时候，给他穿上顶新的衣裳，平日喜欢的玩意儿，——一个泥人，两个小木碗，两个玻璃瓶，——都放在枕头旁边。后来王九妈掐着指头仔细推敲，也终于想不出一些什么缺陷。

这一日里，蓝皮阿五简直整天没有到；咸亨掌柜便替单四嫂子雇了两名脚夫，每名二百另十个大钱，抬棺木到义冢地上安放。王九妈又帮他煮了饭，凡是动过手开过口的人都吃了饭。太阳渐渐显出要落山的颜色；吃过饭的人也不觉都显出要回家的颜色，——于是他们终于都回了家。

单四嫂子很觉得头眩，歇息了一会，倒居然有点平稳了。但他接连着便觉得很异样：遇到了平生没有遇到过的事，不像会有的事，然而的确出现了。他越想越奇，又感到一件异样的事：——这屋子忽然太静了。

他站起身，点上灯火，屋子越显得静。他昏昏的走去关上门，回来坐在床沿上，纺车静静的立在地上。他定一定神，四面一看，更觉得坐立不得，屋子不但太静，而且也太大了，东西也太空了。太大的屋子四面包围着他，太空的东西四面压着他，叫他喘气不得。

他现在知道他的宝儿确乎死了；不愿意见这屋子，吹熄了灯，躺着。他一面哭，一面想：想那时候，自己纺着棉纱，宝儿坐在身边吃茴香豆，瞪着一双小黑眼睛想了一刻，便说，“妈——爹卖馄饨，我大了也卖馄饨，卖许多许多钱，——我都给你。”那时候，真是连纺出的棉纱，也仿佛寸寸都有意思，寸寸都活着。但现在怎么了？现在的事，单四嫂子却实在没有想到什么。——我早经说过：他是粗笨女人。他能想出什么呢？他单觉得这屋子太静，太大，太空罢了。

但单四嫂子虽然粗笨，却知道还魂是不能有的事，他的宝儿也的确不能再见了。叹一口气，自言自语的说，“宝儿，你该还在这里，你给我梦里见见罢。”于是合上眼，想赶快睡去，会他的宝儿，苦苦的呼吸通过了静和大和空虚，自己听得明白。

单四嫂子终于朦朦胧胧的走入睡乡，全屋子都很静。这时红鼻子老拱的小曲，也早经唱完；踉踉跄跄出了咸亨，却又提尖了喉咙，唱道：——

“我的冤家呀！——可怜你，——孤另另的……”

蓝皮阿五便伸手揪住了老拱的肩头，两个人七歪八斜的笑着挤着走去。

单四嫂子早睡着了，老拱们也走了，咸亨也关上门了。这时的鲁镇，便完全落在寂静里。

只有那暗夜为想变成明天，却仍在这寂静里奔波；另有几条狗，也躲在暗地里呜呜的叫。

一九二〇年六月.

一件小事

我从乡下跑到京城里，一转眼已经六年了。其间耳闻目睹的所谓国家大事，算起来也很不少；但在我心里，都不留甚么痕迹，倘要我寻出这些事的影响来说，便只是增长了我的坏脾气，——老实说，便是教我一天比一天的看不起人。

但有一件小事，却于我有意义，将我从坏脾气里拖开，使我至今忘记不得。

这是民国六年的冬天，大北风刮得正猛，

我因为生计关系，不得不一早在路上走。一路几乎遇不见人，好容易才雇定了一辆人力车，教他拉到S门去。不一会，北风小了，路上浮尘早已刮净，剩下一条洁白的大道来，车夫也跑得更快。刚近S门，忽而车把上带着一个人，慢慢地倒了。

跌倒的是一个女人，花白头发，衣服都很破烂。伊从马路边上突然向车前横截过来；车夫已经让开道，但伊的破棉背心没有上扣，微风吹着，向外展开，所以终于兜着车把。幸而车夫早有点停步，否则伊定要栽一个大斤斗，跌到头破血出了。

伊伏在地上；车夫便也立住脚。我料定这老女人并没有伤，又没有别人看见，便很怪他多事，要自己惹出是非，也误了我的路。

我便对他说，“没有什么的。走你的罢！”

车夫毫不理会，——或者并没有听到，——

却放下车子，扶那老女人慢慢起来，搀着臂膊立定，问伊说：

“你怎么啦？”

“我摔坏了。”

我想，我眼见你慢慢倒地，怎么会摔坏呢，装腔作势罢了，这真可憎恶。车夫多事，也正是自讨苦吃，现在你自己想法去。

车夫听了这老女人的话，却毫不踌躇，仍然搀着伊的臂膊，便一步一步的向前走。我有些诧异，忙看前面，是一所巡警分驻所，大风之后，外面也不见人，这车夫扶着那老女人，便正是向那大门走去。

我这时突然感到一种异样的感觉，觉得他满身灰尘的后影，刹时高大了，而且愈走愈大，须仰视才见。而且他对于我，渐渐的又几乎变成一种威压，甚而至于要榨出皮袍下面藏着的“小”来。

我的活力这时大约有些凝滞了，坐着没有

动，也没有想，直到看见分驻所里走出一个巡警，才下了车。

巡警走近我说，“你自己雇车罢，他不能拉你了。”

我没有思索的从外套袋里抓出一大把铜元，交给巡警，说，“请你给他……”

风全住了，路上还很静。我走着，一面想，几乎怕敢想到我自己。以前的事姑且搁起，这一大把铜元又是什么意思？奖他么？我还能裁判车夫么？我不能回答自己。

这事到了现在，还是时时记起。我因此也时时熬了苦痛，努力的要想到我自己。几年来的文治武力，在我早如幼小时候所读过的“子曰诗云”一般，背不上半句了。独有这一件小事，却总是浮在我眼前，有时反更分明，教我惭愧，催我自新，并且增长我的勇气和希望。

他们忘却了纪念，纪念也忘却了他们！

头发的故事

星期日的早晨，我揭去一张隔夜的日历，向着新的那一张上看了又看的说：

"阿，十月十日，——今天原来正是双十节[1]。这里却一点没有记载！"

我的一位前辈先生N，正走到我的寓里来谈闲天，一听这话，便很不高兴的对我说：

"他们对！他们不记得，你怎样他；你记

1 1911年10月10日革命党人发动武昌起义，民国政府便将该日定为国庆日，亦称双十节。

得，又怎样呢？”

这位N先生本来脾气有点乖张，时常生些无谓的气，说些不通世故的话。当这时候，我大抵任他自言自语，不赞一辞；他独自发完议论，也就算了。

他说：

“我最佩服北京双十节的情形。早晨，警察到门，吩咐道‘挂旗。’‘是，挂旗！’各家大半懒洋洋的踱出一个国民来，撅起一块斑驳陆离的洋布。这样一直到夜，——收了旗关门；几家偶然忘却的，便挂到第二天的上午。

“他们忘却了纪念，纪念也忘却了他们！

“我也是忘却了纪念的一个人。倘使纪念起来，那第一个双十节的前后的事，便都上我的心头，使我坐立不稳了。

“多少故人的脸，都浮在我眼前。几个少年辛苦奔走了十多年，暗地里一颗弹丸要了他的性命；几个少年一击不中，在监牢里身受一个多月的苦刑；几个少年怀着远志，忽然踪影全无，连尸首也不知那里去了。——

“他们都在社会的冷笑恶骂迫害倾陷里过了一生；现在他们的坟墓也早在忘却里渐渐平塌下去了。

“我不堪纪念这些事。

“我们还是记起一点得意的事来谈谈罢。”

N忽然现出笑容，伸手在自己头上一摸，高声说：

“我最得意的是自从第一个双十节以后，我在路上走，不再被人笑骂了。

“老兄，你可知道头发是我们中国人的宝贝和冤家，古今来多少人在这上头吃些毫无价值的苦呵！

“我们的很古的古人，对于头发似乎也还看轻。据刑法看来，最要紧的自然是脑袋，所以大辟[1]是上刑；次要便是生殖器了，所以宫刑和幽闭[2]也是一件吓人的罚；至于髡[3]，那是微乎其微了；然而推想起来，正不知道曾有多少人们因为光着头皮便被社会践踏了一生世。

“我们讲革命的时候，大谈什么扬州十日，嘉定屠城，其实也不过一种手段；老实说：那时中国人的反抗，何尝因为亡国，只是因为拖辫子。

“顽民杀尽了，遗老都寿终了，辫子早留定了，洪杨[4]又闹起来了。我的祖母曾对我说，那时做百姓才难哩，全留着头发的被官兵杀，还是辫子的便被长毛杀！

“我不知道有多少中国人只因为这不痛不痒的头发而吃苦，受难，灭亡。”

1　大辟为古代五刑之一，死刑的总称。

2　古代针对女性所使用的宫刑。

3　古代一种剃去男子头发的刑罚。

4　即太平天国运动的领袖洪秀全和杨秀清。

N两眼望着屋梁，似乎想些事，仍然说：

“谁知道头发的苦轮到我了。

“我出去留学，便剪掉了辫子，这并没有别的奥妙，只为他太不便当罢了。不料有几位辫子盘在头顶上的同学们便很厌恶我，监督也大怒，说要停了我的官费，送回中国去。

“不几天，这位监督却自己被人剪去辫子逃走了。去剪的人们里面，一个便是做《革命军》的邹容[1]，这人也因此不能再留学，回到上海来，后来死在西牢里。你也早已忘却了罢？

“过了几年，我的家景大不如前了，非谋点事做便要受饿，只得也回到中国来。我一到上海，便买定一条假辫子，那时是二元的市价，

1　邹容（1885—1905），在日本留学时开始参与革命运动，1903年与陈独秀等人一起剪去留学监督姚文甫的发辫；同年出版《革命军》，是清末革命书刊中流传最广的。后因涉“苏报案”被捕，死时仅20岁。

带着回家。我的母亲倒也不说什么，然而旁人一见面，便都首先研究这辫子，待到知道是假，就一声冷笑，将我拟为杀头的罪名；有一位本家，还豫备去告官，但后来因为恐怕革命党的造反或者要成功，这才中止了。

“我想，假的不如真的直截爽快，我便索性废了假辫子，穿着西装在街上走。

“一路走去，一路便是笑骂的声音，有的还跟在后面骂：‘这冒失鬼！’‘假洋鬼子！’

“我于是不穿洋服了，改了大衫，他们骂得更利害。

“在这日暮途穷的时候，我的手里才添出一支手杖来，拚命的打了几回，他们渐渐的不骂了。只是走到没有打过的生地方还是骂。

“这件事很使我悲哀，至今还时时记得哩。我在留学的时候，曾经看见日报上登载一个游历南洋和中国的本多博士的事；这位博士是不懂中国和马来语的，人问他，你不懂话，怎么走路呢？他拿起手杖来说，这便是他们的话，他们都懂！我因此气愤了好几天，谁知道我竟不知不觉的自己也做了，而且那些人都懂了。……

“宣统初年，我在本地的中学校做监学，同事是避之惟恐不远，官僚是防之惟恐不严，我终日如坐在冰窖子里，如站在刑场旁边，其实并非别的，只因为缺少了一条辫子！

“有一日，几个学生忽然走到我的房里来，说，‘先生，我们要剪辫子了。’我说，‘不行！’‘有辫子好呢，没有辫子好呢？’‘没有辫子好……’‘你怎么说不行呢？’‘犯不上，你们还是不剪上算，——等一等罢。’他们不说什么，撅着嘴唇走出房去；然而终于剪掉了。

“呵！不得了了，人言啧啧了；我却只装

作不知道，一任他们光着头皮，和许多辫子一齐上讲堂。

“然而这剪辫病传染了；第三天，师范学堂的学生忽然也剪下了六条辫子，晚上便开除了六个学生。这六个人，留校不能，回家不得，一直挨到第一个双十节之后又一个多月，才消去了犯罪的火烙印。

“我呢？也一样，只是元年冬天到北京，还被人骂过几次，后来骂我的人也被警察剪去了辫子，我就不再被人辱骂了；但我没有到乡间去。”

N显出非常得意模样，忽而又沉下脸来：

“现在你们这些理想家，又在那里嚷什么女子剪发了，又要造出许多毫无所得而痛苦的人！

“现在不是已经有剪掉头发的女人，因此考不进学校去，或者被学校除了名么？

“改革么，武器在那里？工读么，工厂在那里？

“仍然留起，嫁给人家做媳妇去：忘却了一切还是幸福，倘使伊记着些平等自由的话便要苦痛一生世！

“我要借了阿尔志跋绥夫[1]的话问你们：你们将黄金时代的出现豫约给这些人们的子孙了，但有什么给这些人们自己呢？

“阿，造物的皮鞭没有到中国的脊梁上时，中国便永远是这一样的中国，决不肯自己改变一枝毫毛！

“你们的嘴里既然并无毒牙，何以偏要在额上帖起‘蝮蛇’两个大字，引乞丐来打杀？……”

N愈说愈离奇了，但一见到我不很愿听的

1 阿尔志跋绥夫（1878—1927），俄国颓废主义文学流派中最著名的作家之一，也是在“五四”落潮期对鲁迅影响最大的外国作家之一。鲁迅译介过他数个中短篇作品。

神情，便立刻闭了口，站起来取帽子。

我说，“回去么？”

他答道，“是的，天要下雨了。”

我默默的送他到门口。

他戴上帽子说：

“再见！请你恕我打搅，好在明天便不是双十节，我们统可以忘却了。”

一九二〇年十月。

这真是一代不如一代！

风波

三

临河的土场上，太阳渐渐的收了他通黄的光线了。场边靠河的乌桕树叶，干巴巴的才喘过气来，几个花脚蚊子在下面哼着飞舞。面河的农家的烟突里，逐渐减少了炊烟，女人孩子们都在自己门口的土场上泼些水，放下小桌子和矮凳；人知道，这已经是晚饭时候了。

老人男人坐在矮凳上，摇着大芭蕉扇闲谈，孩子飞也似的跑，或者蹲在乌桕树下赌玩石子。女人端出乌黑的蒸干菜和松花黄的米饭，热蓬蓬冒烟。河里驶过文人的酒船，文豪见了，大发诗兴，说，“无思无虑，这真是田家乐呵！”

但文豪的话有些不合事实，就因为他们没有听到九斤老太的话。这时候，九斤老太正在大怒。拿破芭蕉扇敲着凳脚说：

“我活到七十九岁了，活够了，不愿意眼见这些败家相，——还是死的好。立刻就要吃饭了，还吃炒豆子，吃穷了一家子！”

伊的曾孙女儿六斤捏着一把豆，正从对面跑来，见这情形，便直奔河边，藏在乌桕树后，伸出双丫角的小头，大声说，“这老不死的！”

九斤老太虽然高寿，耳朵却还不很聋，但也没有听到孩子的话，仍旧自己说，“这真是一代不如一代！”

这村庄的习惯有点特别，女人生下孩子，多喜欢用秤称了轻重，便用斤数当作小名。九斤老太自从庆祝了五十大寿以后，便渐渐的变了不平家，常说伊年青的时候，天气没有现在这般热，豆子也没有现在这般硬：总之现在的时世是不对了。何况六斤比伊的曾祖，少了三斤，比伊父亲七斤，又少了一斤，这真是一条颠扑不破的实例。所以伊又用劲说，“这真是一代不如一代！”

伊的儿媳七斤嫂子正捧着饭篮走到桌边，便将饭篮在桌上一摔，愤愤的说，“你老人家又这么说了。六斤生下来的时候，不是六斤五两么？你家的秤又是私秤，加重称，十八两秤；用了准十六，我们的六斤该有七斤多哩。我想便是太公和公公，也不见得正是九斤八斤十足，用的秤也许是十四两。……”

“一代不如一代！”

七斤嫂还没有答话，忽然看见七斤从小巷口转出，便移了方向，对他嚷道，“你这死尸怎么这时候才回来，死到那里去了！不管人家等着你开饭！”

七斤虽然住在农村，却早有些飞黄腾达的意思。从他的祖父到他，三代不捏锄头柄了；他也照例的帮人撑着航船，每日一回，早晨从鲁镇进城，傍晚又回到鲁镇，因此很知道些时事：例如什么地方，雷公劈死了蜈蚣精；什么地方，闺女生了一个夜叉之类。他在村人里面，的确已经是一名出场人物了。但夏天吃饭不点灯，却还守着农家习惯，所以回家太迟，是该骂的。

七斤一手捏着象牙嘴白铜斗六尺多长的湘妃竹烟管，低着头，慢慢地走来，坐在矮凳上。六斤也趁势溜出，坐在他身边，叫他爹爹。七斤没有应。

“一代不如一代！”九斤老太说。

七斤慢慢地抬起头来，叹一口气说，“皇帝坐了龙庭了。”

七斤嫂呆了一刻，忽而恍然大悟的道，“这可好了，这不是又要皇恩大赦了么！”

七斤又叹一口气，说，“我没有辫子。”

“皇帝要辫子么？”

“皇帝要辫子。”

“你怎么知道呢？”七斤嫂有些着急，赶忙的问。

“咸亨酒店里的人，都说要的。”

七斤嫂这时从直觉上觉得事情似乎有些不妙了，因为咸亨酒店是消息灵通的所在。伊一转眼瞥见七斤的光头，便忍不住动怒，怪他恨他怨他；忽然又绝望起来，装好一碗饭，搡在七斤的面前道，“还是赶快吃你的饭罢！哭丧着脸，就会长出辫子来么？”

太阳收尽了他最末的光线了，水面暗暗地回复过凉气来；土场上一片碗筷声响，人人的脊梁上又都吐出汗粒。七斤嫂吃完三碗饭，偶然抬起头，心坎里便禁不住突突地发跳。伊透过乌桕叶，看见又矮又胖的赵七爷正从独木桥上走来，而且穿着宝蓝色竹布的长衫。

赵七爷是邻村茂源酒店的主人，又是这三十里方圆以内的唯一的出色人物兼学问家；因为有学问，所以又有些遗老的臭味。他有十多本金圣叹批评的《三国志》，时常坐着一个字一个字的读；他不但能说出五虎将姓名，甚而至于还知道黄忠表字汉升和马超表字孟起。革命以后，他便将辫子盘在顶上，像道士一般；常常叹息说，倘若赵子龙在世，天下便不会乱到这地步了。七斤嫂眼睛好，早望见今天的赵七爷已经不是道士，却变成光滑头皮，乌黑发顶；伊便知道这一定是皇帝坐了龙庭，而且一定须有辫子，而且七斤一定是非常危险。因为赵七爷的这件竹布长衫，轻易是不常穿的，三年以来，只穿过两次；一次是和他呕气的麻子阿四病了的时候，一次是曾经砸烂他酒店的鲁大爷死了的时候；现在是第三次了，这一定又是于他有庆，于他的仇家有殃了。

七斤嫂记得，两年前七斤喝醉了酒，曾经骂过赵七爷是“贱胎”，所以这时便立刻直觉到七斤的危险，心坎里突突地发起跳来。

赵七爷一路走来，坐着吃饭的人都站起身，拿筷子点着自己的饭碗说，“七爷，请在我们这里用饭！”七爷也一路点头，说道“请请”，却一径走到七斤家的桌旁。七斤们连忙招呼，七爷也微笑着说“请请”，一面细细的研究他们的饭菜。

“好香的干菜，——听到了风声了么？”赵七爷站在七斤的后面七斤嫂的对面说。

“皇帝坐了龙庭了。”七斤说。

七斤嫂看着七爷的脸，竭力陪笑道，“皇

帝已经坐了龙庭，几时皇恩大赦呢？”

“皇恩大赦？——大赦是慢慢的总要大赦罢。”七爷说到这里，声色忽然严厉起来，“但是你家七斤的辫子呢，辫子？这倒是要紧的事。你们知道：长毛时候，留发不留头，留头不留发……”

七斤和他的女人没有读过书，不很懂得这古典的奥妙，但觉得有学问的七爷这么说，事情自然非常重大，无可挽回，便仿佛受了死刑宣告似的，耳朵里嗡的一声，再也说不出一句话。

“一代不如一代，——”九斤老太正在不平，趁这机会，便对赵七爷说，“现在的长毛，只是剪人家的辫子，僧不僧，道不道的。从前的长毛，这样的么？我活到七十九岁了，活够了。从前的长毛是——整匹的红缎子裹头，拖下去，拖下去，一直拖到脚跟；王爷是黄缎子，拖下去，黄缎子；红缎子，黄缎子，——我活够了，七十九岁了。”

七斤嫂站起身，自言自语的说，“这怎么好呢？这样的一班老小，都靠他养活的人，……”

赵七爷摇头道，“那也没法。没有辫子，该当何罪，书上都一条一条明明白白写着的。不管他家里有些什么人。”

七斤嫂听到书上写着，可真是完全绝望了；自己急得没法，便忽然又恨到七斤。伊用筷子指着他的鼻尖说，“这死尸自作自受！造反的时候，我本来说，不要撑船了，不要上城了。他偏要死进城去，滚进城去，进城便被人剪去了辫子。从前是绢光乌黑的辫子，现在弄得僧不僧道不道的。这囚徒自作自受，带累了我们又怎么说呢？这活死尸的囚徒……”

村人看见赵七爷到村，都赶紧吃完饭，聚在七斤家饭桌的周围，七斤自己知道是出场人

物，被女人当大众这样辱骂，很不雅观，便只得抬起头，慢慢地说道：

“你今天说现成话，那时你……”

“你这活死尸的囚徒……”

看客中间，八一嫂是心肠最好的人，抱着伊的两周岁的遗腹子，正在七斤嫂身边看热闹；这时过意不去，连忙解劝说，“七斤嫂，算了罢。人不是神仙，谁知道未来事呢？便是七斤嫂，那时不也说，没有辫子倒也没有什么丑么？况且衙门里的大老爷也还没有告示。……”

七斤嫂没有听完，两个耳朵早通红了；便将筷子转过向来，指着八一嫂的鼻子，说，“阿呀，这是什么话呵！八一嫂，我自己看来倒还是一个人，会说出这样昏诞胡涂话么？那时我是，整整哭了三天，谁都看见；连六斤这小鬼也都哭，……”六斤刚吃完一大碗饭，拿了空碗，伸手去嚷着要添。七斤嫂正没好气，便用筷子在伊的双丫角中间，直扎下去，大喝道，“谁要你来多嘴！你这偷汉的小寡妇！”

扑的一声，六斤手里的空碗落在地上了，恰巧又碰着一块砖角，立刻破成一个很大的缺口。七斤直跳起来，捡起破碗，合上了检查一回，也喝道，“入娘的！”一巴掌打倒了六斤。六斤躺着哭，九斤老太拉了伊的手，连说着“一代不如一代”，一同走了。

八一嫂也发怒，大声说，“七斤嫂，你‘恨棒打人’。……”

赵七爷本来是笑着旁观的；但自从八一嫂说了“衙门里的大老爷没有告示”这话以后，却有些生气了。这时他已经绕出桌旁，接着说，“‘恨棒打人’，算什么呢。大兵是就要到的。你可知道，这回保驾的是张大帅[1]，张大帅就是燕人张翼德的后代，他一支丈八蛇矛，就有

1 即张勋。

万夫不当之勇，谁能抵挡他，”他两手同时捏起空拳，仿佛握着无形的蛇矛模样，向八一嫂抢进几步道，“你能抵挡他么！”

八一嫂正气得抱着孩子发抖，忽然见赵七爷满脸油汗，瞪着眼，准对伊冲过来，便十分害怕，不敢说完话，回身走了。赵七爷也跟着走去，众人一面怪八一嫂多事，一面让开路，几个剪过辫子重新留起的便赶快躲在人丛后面，怕他看见。赵七爷也不细心察访，通过人丛，忽然转入乌桕树后，说道：“你能抵挡他么！”跨上独木桥，扬长去了。

村人们呆呆站着，心里计算，都觉得自己确乎抵不住张翼德，因此也决定七斤便要没有性命。七斤既然犯了皇法，想起他往常对人谈论城中的新闻的时候，就不该含着长烟管显出那般骄傲模样，所以对于七斤的犯法，也觉得有些畅快。他们也仿佛想发些议论，却又觉得没有什么议论可发。嗡嗡的一阵乱嚷，蚊子都撞过赤膊身子，闯到乌桕树下去做市；他们也就慢慢地走散回家，关上门去睡觉。七斤嫂咕哝着，也收了家伙和桌子矮凳回家，关上门睡觉了。

七斤将破碗拿回家里，坐在门槛上吸烟；但非常忧愁，忘却了吸咽，象牙嘴六尺多长湘妃竹烟管的白铜斗里的火光，渐渐发黑了。他心里但觉得事情似乎十分危急，也想想些方法，想些计画，但总是非常模糊，贯穿不得：“辫子呢辫子？丈八蛇矛。一代不如一代！皇帝坐龙庭。破的碗须得上城去钉好。谁能抵挡他？书上一条一条写着。入娘的！”

第二日清晨，七斤依旧从鲁镇撑航船进城，傍晚回到鲁镇，又拿着六尺多长的湘妃竹烟管和一个饭碗回村。他在晚饭席上，对九斤老太说，这碗是在城内钉合的，因为缺口大，所以要十六个铜钉，三文一个，一总用了四十八文小钱。

九斤老太很不高兴的说，“一代不如一代，我是活够了。三文钱一个钉；从前的钉，这样的么？从前的钉是……我活了七十九岁了，——”

此后七斤虽然是照例日日进城，但家景总有些黯淡，村人大抵回避着，不再来听他从城内得来的新闻。七斤嫂也没有好声气，还时常叫他“囚徒”。

过了十多日，七斤从城内回家，看见他的女人非常高兴，问他说，“你在城里可听到些什么？”

“没有听到些什么。”

“皇帝坐了龙庭没有呢？”

“他们没有说。”

“咸亨酒店里也没有人说么？”

“也没人说。”

“我想皇帝一定是不坐龙庭了。我今天走过赵七爷的店前，看见他又坐着念书了，辫子又盘在顶上了，也没有穿长衫。”

“……”

“你想，不坐龙庭了罢？”

“我想，不坐了罢。”

现在的七斤，是七斤嫂和村人又都早给他相当的尊敬，相当的待遇了。到夏天，他们仍旧在自家门口的土场上吃饭；大家见了，都笑嘻嘻的招呼。九斤老太早已做过八十大寿，仍然不平而且康健。六斤的双丫角，已经变成一支大辫子了；伊虽然新近裹脚，却还能帮同七斤嫂做事，捧着十八个铜钉的饭碗，在土场上一瘸一拐的往来。

一九二〇年十月。

他们应该有新的生活，为我们所未经生活过的。

故乡

我冒了严寒，回到相隔二千余里，别了二十余年的故乡去。

时候既然是深冬；渐近故乡时，天气又阴晦了，冷风吹进船舱中，呜呜的响，从篷隙向外一望，苍黄的天底下，远近横着几个萧索的荒村，没有一些活气。我的心禁不住悲凉起来了。

阿！这不是我二十年来时时记得的故乡？我所记得的故乡全不如此。我的故乡好得多了。但要我记起他的美丽，说出他的佳处来，却又没有影像，没有言辞了。仿佛也就如此。于是我自己解释说：故乡本也如此，——虽然没有进步，也未必有如我所感的悲凉，这只是我自己心情的改变罢了，因为我这次回乡，本没有什么好心绪。

我这次是专为了别他而来的。我们多年聚族而居的老屋，已经公同卖给别姓了，交屋的期限，只在本年，所以必须赶在正月初一以前，永别了熟识的老屋，而且远离了熟识的故乡，搬家到我在谋食的异地去。

第二日清早晨我到了我家的门口了。瓦楞上许多枯草的断茎当风抖着，正在说明这老屋难免易主的原因。几房的本家大约已经搬走了，所以很寂静。我到了自家的房外，我的母亲早已迎着出来了，接着便飞出了八岁的侄儿宏儿。

我的母亲很高兴，但也藏着许多凄凉的神情，教我坐下，歇息，喝茶，且不谈搬家的事。宏儿没有见过我，远远的对面站着只是看。

但我们终于谈到搬家的事。我说外间的寓所已经租定了，又买了几件家具，此外须将家里所有的木器卖去，再去增添。母亲也说好，而且行李也略已齐集，木器不便搬运的，也小半卖去了，只是收不起钱来。

“你休息一两天，去拜望亲戚本家一回，我们便可以走了。”母亲说。

“是的。”

“还有闰土，他每到我家来时，总问起你，很想见你一回面。我已经将你到家的大约日期通知他，他也许就要来了。”

这时候，我的脑里忽然闪出一幅神异的图画来：深蓝的天空中挂着一轮金黄的圆月，下面是海边的沙地，都种着一望无际的碧绿的西瓜，其间有一个十一二岁的少年，项带银圈，手捏一柄钢叉，向一匹猹尽力的刺去，那猹却将身一扭，反从他的胯下逃走了。

这少年便是闰土。我认识他时，也不过十多岁，离现在将有三十年了；那时我的父亲还在世，家景也好，我正是一个少爷。那一年，我家是一件大祭祀的值年[1]。这祭祀，说是三十多年才能轮到一回，所以很郑重；正月里供祖像，供品很多，祭器很讲究，拜的人也很多，祭器也很要防偷去。我家只有一个忙月（我们这里给人做工的分三种：整年给一定人家做工的叫长年；按日给人做工的叫短工；自己也种地，只在过年过节以及收租时候来给一定的人家做工的称忙月），忙不过来，他便对父亲说，可以叫他的儿子闰土来管祭器的。

1　旧时大家族各房轮流主持祭祀，轮到的称为“值年”。

我的父亲允许了；我也很高兴，因为我早听到闰土这名字，而且知道他和我仿佛年纪，闰月生的，五行缺土，所以他的父亲叫他闰土。他是能装弶[1]捉小鸟雀的。

我于是日日盼望新年，新年到，闰土也就到了。好容易到了年末，有一日，母亲告诉我，闰土来了，我便飞跑的去看。他正在厨房里，紫色的圆脸，头戴一顶小毡帽，颈上套一个明晃晃的银项圈，这可见他的父亲十分爱他，怕他死去，所以在神佛面前许下愿心，用圈子将他套住了。他见人很怕羞，只是不怕我，没有旁人的时候，便和我说话，于是不到半日，我们便熟识了。

我们那时候不知道谈些什么，只记得闰土很高兴，说是上城之后，见了许多没有见过的东西。

1　方言，一种用来捕鼠捉鸟的工具。

第二日，我便要他捕鸟。他说：

“这不能。须大雪下了才好。我们沙地上，下了雪，我扫出一块空地来，用短棒支起一个大竹匾，撒下秕谷，看鸟雀来吃时，我远远地将缚在棒上的绳子只一拉，那鸟雀就罩在竹匾下了。什么都有：稻鸡，角鸡，鹁鸪，蓝背……”

我于是又很盼望下雪。

闰土又对我说：

“现在太冷，你夏天到我们这里来。我们日里到海边检贝壳去，红的绿的都有，鬼见怕也有，观音手也有，晚上我和爹管西瓜去，你也去。”

“管贼么？”

“不是。走路的人口渴了摘一个瓜吃，我们这里是不算偷的。要管的是獾猪，刺猬，猹。月亮地下，你听，啦啦的响了，猹在咬瓜了。

你便捏了胡叉，轻轻地走去……”

我那时并不知道这所谓猹的是怎么一件东西——便是现在也没有知道——只是无端的觉得状如小狗而很凶猛。

“他不咬人么？”

“有胡叉呢。走到了，看见猹了，你便刺。这畜生很伶俐，倒向你奔来，反从胯下窜了。他的皮毛是油一般的滑。……”

我素不知道天下有这许多新鲜事：海边有如许五色的贝壳；西瓜有这样危险的经历，我先前单知道他在水果店里出卖罢了。

“我们沙地里，潮汛要来的时候，就有许多跳鱼儿只是跳，都有青蛙似的两个脚。……”

阿！闰土的心里有无穷无尽的希奇的事，都是我往常的朋友所不知道的。他们不知道一些事，闰土在海边时，他们都和我一样只看见院子里高墙上的四角的天空。

可惜正月过去了，闰土须回家里去，我急得大哭，他也躲到厨房里，哭着不肯出门，但终于被他父亲带走了。他后来还托他的父亲带给我一包贝壳和几枝很好看的鸟毛，我也曾送他一两次东西，但从此没有再见面。

现在我的母亲提起了他，我这儿时的记忆，忽而全都闪电似的苏生过来，似乎看到了我的美丽的故乡了。我应声说：

“这好极！他，——怎样？……”

“他？……他景况也很不如意……”母亲说着，便向房外看，“这些人又来了。说是买木器，顺手也就随便拿走的，我得去看看。”

母亲站起身，出去了。门外有几个女人的声音，我便招宏儿走近面前，和他闲话：问他可会写字，可愿意出门。

“我们坐火车去么？”

“我们坐火车去。”

"船呢?"

"先坐船,……"

"哈!这模样了!胡子这么长了!"一种尖利的怪声突然大叫起来。

我吃了一吓,赶忙抬起头,却见一个凸颧骨,薄嘴唇,五十岁上下的女人站在我面前,两手搭在髀间,没有系裙,张着两脚,正像一个画图仪器里细脚伶仃的圆规。

我愕然了。

"不认识了么?我还抱过你咧!"

我愈加愕然了。幸而我的母亲也就进来,从旁说:

"他多年出门,统忘却了。你该记得罢,"便向着我说,"这是斜对门的杨二嫂,……开豆腐店的。"

哦,我记得了。我孩子时候,在斜对门的豆腐店里确乎终日坐着一个杨二嫂,人都叫伊

“豆腐西施”。但是擦着白粉，颧骨没有这么高，嘴唇也没有这么薄。而且终日坐着，我也从没有见过这圆规式的姿势。那时人说：因为伊，这豆腐店的买卖非常好。但这大约因为年龄的关系，我却并未蒙着一毫感化，所以竟完全忘却了。然而圆规很不平，显出鄙夷的神色，仿佛嗤笑法国人不知道拿破仑，美国人不知道华盛顿似的，冷笑说：

“忘了？这真是贵人眼高。……”

“那有这事……我……”我惶恐着，站起来说。

“那么，我对你说。迅哥儿，你阔了，搬动又笨重，你还要什么这些破烂木器，让我拿去罢。我们小户人家，用得着。”

“我并没有阔哩。我须卖了这些，再去……”

“阿呀呀，你放了道台[1]了，还说不阔？你

1　即道员的俗称，清朝官职。

现在有三房姨太太；出门便是八抬的大轿，还说不阔？吓，什么都瞒不过我。”

我知道无话可说了，便闭了口，默默的站着。

“阿呀阿呀，真是愈有钱，便愈是一毫不肯放松，愈是一毫不肯放松，便愈有钱……”圆规一面愤愤的回转身，一面絮絮的说，慢慢向外走，顺便将我母亲的一副手套塞在裤腰里，出去了。

此后又有近处的本家和亲戚来访问我。我一面应酬，偷空便收拾些行李，这样的过了三四天。

一日是天气很冷的午后，我吃过午饭，坐着喝茶，觉得外面有人进来了，便回头去看。我看时，不由的非常出惊，慌忙站起身，迎着走去。

这来的便是闰土。虽然我一见便知道是闰

土，但又不是我这记忆上的闰土了。他身材增加了一倍；先前的紫色的圆脸，已经变作灰黄，而且加上了很深的皱纹；眼睛也像他父亲一样，周围都肿得通红，这我知道，在海边种地的人，终日吹着海风，大抵是这样的。他头上是一顶破毡帽，身上只一件极薄的棉衣，浑身瑟索着；手里提着一个纸包和一支长烟管，那手也不是我所记得的红活圆实的手，却又粗又笨而且开裂，象是松树皮了。

我这时很兴奋，但不知道怎么说才好，只是说：

"阿！闰土哥，——你来了？……"

我接着便有许多话，想要连珠一般涌出：角鸡，跳鱼儿，贝壳，猹，……但又总觉得被什么挡着似的。单在脑里面回旋，吐不出口外去。

他站住了，脸上现出欢喜和凄凉的神情；

动着嘴唇，却没有作声。他的态度终于恭敬起来了，分明的叫道：

“老爷！……”

我似乎打了一个寒噤；我就知道，我们之间已经隔了一层可悲的厚障壁了，我也说不出话。

他回过头去说：“水生，给老爷磕头。”便拖出躲在背后的孩子来，这正是一个廿年前的闰土，只是黄瘦些，颈子上没有银圈罢了。“这是第五个孩子，没有见过世面，躲躲闪闪。……”

母亲和宏儿下楼来了，他们大约也听到了声音。

“老太太。信是早收到了。我实在喜欢的了不得，知道老爷回来……”闰土说。

“阿，你怎的这样客气起来。你们先前不是哥弟称呼么？还是照旧：迅哥儿。”母亲高兴的说。

“阿呀，老太太真是……这成什么规矩。那时是孩子，不懂事……”闰土说着，又叫水生上来打拱，那孩子却害羞，紧紧的只贴在他背后。

“他就是水生？第五个？都是生人，怕生也难怪的；还是宏儿和他去走走。”母亲说。

宏儿听得这话，便来招水生，水生却松松爽爽同他一路出去了。母亲叫闰土坐，他迟疑了一回，终于就了坐，将长烟管靠在桌旁，递过纸包来，说：

“冬天没有什么东西了。这一点干青豆倒是自家晒在那里的，请老爷……。”

我问问他的景况。他只是摇头。

“非常难。第六个孩子也会帮忙了，却总是吃不够……又不太平……什么地方都要钱，没有定规……收成又坏。种出东西来，挑去卖，总要捐几回钱，折了本；不去卖，又只能烂掉。……”

他只是摇头；脸上虽然刻着许多皱纹，却全然不动，仿佛石像一般。他大约只是觉得苦，却又形容不出，沉默了片时，便拿起烟管来默默的吸烟了。

母亲问他，知道他的家里事务忙，明天便得回去；又没有吃过午饭，便叫他自己到厨下炒饭吃去。

他出去了；母亲和我都叹息他的景况：多子，饥荒，苛税，兵匪，官绅，都苦得他像一个木偶人了。母亲对我说，凡是不必搬走的东西，尽可以送他，可以听他自己去拣择。

下午，他拣好了几件东西：两条长桌，四个椅子，一副香炉和烛台，一杆抬秤。他又要所有的草灰（我们这里煮饭是烧稻草的，那灰，可以做沙地的肥料），待我们启程的时候，他用船来载去。

夜间，我们又谈些闲天，都是无关紧要的话；第二天早晨，他就领了水生回去了。

又过了九日，是我们启程的日期。闰土早晨便到了，水生没有同来，却只带着一个五岁的女儿管船只。我们终日很忙碌，再没有谈天的工夫。来客也不少，有送行的，有拿东西的，有送行兼拿东西的。待到傍晚我们上船的时候，这老屋里的所有破旧大小粗细东西，已经一扫而空了。

我们的船向前走，两岸的青山在黄昏中，都装成了深黛颜色，连着退向船后梢去。

宏儿和我靠着船窗，同看外面模糊的风景，他忽然问道：

“大伯！我们什么时候回来？”

“回来？你怎么还没有走就想回来了。”

“可是，水生约我到他家玩去咧……”他

睁着大的黑眼睛，痴痴的想。

我和母亲也都有些惘然，于是又提起闰土来。母亲说，那豆腐西施的杨二嫂，自从我家收拾行李以来，本是每日必到的，前天伊在灰堆里，掏出十多个碗碟来，议论之后，便定说是闰土埋着的，他可以在运灰的时候，一齐搬回家里去；杨二嫂发见了这件事，自己很以为功，便拿了那狗气杀（这是我们这里养鸡的器具，木盘上面有着栅栏，内盛食料，鸡可以伸进颈子去啄，狗却不能，只能看着气死，）飞也似的跑了，亏伊装着这么高底的小脚，竟跑得这样快。

老屋离我愈远了；故乡的山水也都渐渐远离了我，但我却并不感到怎样的留恋。我只觉得我四面有看不见的高墙，将我隔成孤身，使我非常气闷；那西瓜地上的银项圈的小英雄的影像，我本来十分清楚，现在却忽地模糊了，又使我非常的悲哀。

母亲和宏儿都睡着了。

我躺着，听船底潺潺的水声，知道我在走我的路，我想：我竟与闰土隔绝到这地步了，但我们的后辈还是一气，宏儿不是正在想念水生么。我希望他们不再像我，又大家隔膜起来……然而我又不愿意他们因为要一气，都如我的辛苦辗转而生活，也不愿意他们都如闰土的辛苦麻木而生活，也不愿意都如别人的辛苦恣睢而生活。他们应该有新的生活，为我们所未经生活过的。

我想到希望，忽然害怕起来了。闰土要香炉和烛台的时候，我还暗地里笑他，以为他总是崇拜偶像，什么时候都不忘却。现在我所谓希望，不也是我自己手制的偶像么？只是他的愿望切近，我的愿望茫远罢了。

我在朦胧中，眼前展开一片海边碧绿的沙

地来，上面深蓝的天空中挂着一轮金黄的圆月。我想：希望是本无所谓有，无所谓无的。这正如地上的路，其实地上本没有路；走的人多了，也便成了路。

阿Q正传

第一章　序

我要给阿Q做正传，已经不止一两年了。但一面要做，一面又往回想，这足见我不是一个“立信”的人，因为从来不朽之笔，须传不朽之人，于是人以文传，文以人传——究竟谁靠谁传，渐渐的不甚了然起来，而终于归结到传阿Q，仿佛思想里有鬼似的。

然而要做这一篇速朽的文章，才下笔，便感到万分的困难了。第一是文章的名目。孔子曰："名不正则言不顺。"这原是应该极注意的。传的名目很繁多：列传，自传，内传，外传，别传，家传，小传，……而可惜都不合。"列传"么，这一篇并非和许多阔人排在"正史"里；"自传"么，我又并非就是阿Q。说是"外传"，"内传"在那里呢？倘用"内传"，阿Q又决不是神仙。"别传"呢，阿Q实在未曾有大总统上谕宣付国史馆[1]立"本传"——虽说英国正史上并无"博徒列传"，而文豪迭更司也做过《博徒别传》这一部书[2]，但文豪则可，在我辈却不可的。其次是"家传"，则

1　清朝与民国时期设有国史馆，凡有特殊功绩或足为后世楷模者，由皇帝或总统将其生平事迹交国史馆立传，谓之"宣付国史馆"。

2　迭更司即狄更斯，但文中提到的《博徒别传》其实指的是《罗德尼·斯通》(*Rodney Stone*)，作者是柯南·道尔。鲁迅曾在与作家韦素园的往来书信中提及过此处笔误。

我既不知与阿Q是否同宗，也未曾受他子孙的拜托；或“小传”，则阿Q又更无别的“大传”了。总而言之，这一篇也便是“本传”，但从我的文章着想，因为文体卑下，是“引车卖浆者流”所用的话，所以不敢僭称，便从不入三教九流的小说家所谓“闲话休题言归正传”这一句套话里，取出“正传”两个字来，作为名目，即使与古人所撰《书法正传》的“正传”字面上很相混，也顾不得了。

第二，立传的通例，开首大抵该是“某，字某，某地人也”，而我并不知道阿Q姓什么。有一回，他似乎是姓赵，但第二日便模糊了。那是赵太爷的儿子进了秀才的时候，锣声镗镗的报到村里来，阿Q正喝了两碗黄酒，便手舞足蹈的说，这于他也很光采，因为他和赵太爷原来是本家，细细的排起来他还比秀才长三辈呢。其时几个旁听人倒也肃然的有些起敬了。

那知道第二天，地保便叫阿Q到赵太爷家里去；太爷一见，满脸溅朱，喝道：

“阿Q，你这浑小子！你说我是你的本家么？”

阿Q不开口。

赵太爷愈看愈生气了，抢进几步说：“你敢胡说！我怎么会有你这样的本家？你姓赵么？”

阿Q不开口，想往后退了；赵太爷跳过去，给了他一个嘴巴。

“你怎么会姓赵！——你那里配姓赵！”

阿Q并没有抗辩他确凿姓赵，只用手摸着左颊，和地保退出去了；外面又被地保训斥了一番，谢了地保二百文酒钱。知道的人都说阿Q太荒唐，自己去招打；他大约未必姓赵，即使真姓赵，有赵太爷在这里，也不该如此胡说的。此后便再没有人提起他的氏族来，所以我终于不知道阿Q究竟什么姓。

第三，我又不知道阿Q的名字是怎么写的。他活着的时候，人都叫他阿Quei，死了以后，便没有一个人再叫阿Quei了，那里还会有“著之竹帛”[1]的事。若论“著之竹帛”，这篇文章要算第一次，所以先遇着了这第一个难关。我曾经仔细想：阿Quei，阿桂还是阿贵呢？倘使他号叫月亭，或者在八月间做过生日，那一定是阿桂了。而他既没有号——也许有号，只是没有人知道他，——又未尝散过生日征文的帖子：写作阿桂，是武断的。又倘若他有一位老兄或令弟叫阿富，那一定是阿贵了；而他又只是一个人：写作阿贵，也没有佐证的。其余音Quei的偏僻字样，更加凑不上了。先前，我也曾问过赵太爷的儿子茂才先生，谁料博雅如此公，竟也茫然，但据结论说，是因为陈独

1　将丰功伟绩写入书内。

秀办了《新青年》提倡洋字，所以国粹沦亡，无可查考了。我的最后的手段，只有托一个同乡去查阿Q犯事的案卷，八个月之后才有回信，说案卷里并无与阿Quei的声音相近的人。我虽不知道是真没有，还是没有查，然而也再没有别的方法了。生怕注音字母还未通行，只好用了“洋字”，照英国流行的拼法写他为阿Quei，略作阿Q。这近于盲从《新青年》，自己也很抱歉，但茂才[1]公尚且不知，我还有什么好办法呢。

第四，是阿Q的籍贯了，倘他姓赵，则据现在好称郡望的老例，可以照《郡名百家姓》上的注解，说是“陇西天水人也”，但可惜这姓是不甚可靠的，因此籍贯也就有些决不定。他虽然多住未庄，然而也常常宿在别处，不能

1 此处即指秀才，东汉时期为避光武帝刘秀名讳，曾改秀才为茂才。

说是未庄人，即使说是“未庄人也”，也仍然有乖史法的。

我所聊以自慰的，是还有一个“阿”字非常正确，绝无附会假借的缺点，颇可以就正于通人。至于其余，却都非浅学所能穿凿，只希望有“历史癖与考据癖”的胡适之先生的门人们，将来或者能够寻出许多新端绪来，但是我这《阿Q正传》到那时却又怕早经消灭了。

以上可以算是序。

第二章　优胜记略

阿Q不独是姓名籍贯有些渺茫，连他先前的“行状”也渺茫。因为未庄的人们之于阿Q，只要他帮忙，只拿他玩笑，从来没有留心他的“行状”的。而阿Q自己也不说，独有和别人口角的时候，间或瞪着眼睛道：

“我们先前——比你阔的多啦！你算是什么东西！”

阿Q没有家，住在未庄的土谷祠里；也没有固定的职业，只给人家做短工，割麦便割麦，舂米便舂米，撑船便撑船。工作略长久时，他也或住在临时主人的家里，但一完就走了。所以，人们忙碌的时候，也还记起阿Q来，然而记起的是做工，并不是“行状”；一闲空，连阿Q都早忘却，更不必说“行状”了。只是有一回，有一个老头子颂扬说：“阿Q真能做！”这时阿Q赤着膊，懒洋洋的瘦伶仃的正在他面前，别人也摸不着这话是真心还是讥笑，然而阿Q很喜欢。

阿Q又很自尊，所有未庄的居民，全不在他眼睛里，甚而至于对于两位“文童”也有以为不值一笑的神情。夫文童者，将来恐怕要变秀才者也；赵太爷钱太爷大受居民的尊敬，除有钱之外，就因为都是文童的爹爹，而阿Q在精神上独不表格外的崇奉，他想：我的儿子会阔得多啦！加以进了几回城，阿Q自然更自负，然而他又很鄙薄城里人，譬如用三尺长三寸宽的木板做成的凳子，未庄叫“长凳”，他也叫“长凳”，城里人却叫“条凳”，他想：这是错的，可笑！油煎大头鱼，未庄都加上半寸长的葱叶，城里却加上切细的葱丝，他想：这也是错的，可笑！然而未庄人真是不见世面的可笑的乡下人呵，他们没有见过城里的煎鱼！

阿Q“先前阔”，见识高，而且“真能做”，本来几乎是一个“完人”了，但可惜他体质上还有一些缺点，最恼人的是在他头皮上，颇有几处不知起于何时的癞疮疤。这虽然也在他身上，而看阿Q的意思，倒也似乎以为不足贵的，因为他讳说“癞”以及一切近于“赖”的音，后来推而广之，“光”也讳，“亮”也讳，再后来，连“灯”“烛”都讳了。一犯讳，不问有心与无心，阿Q便全疤通红的发起怒来，估量了对手，口讷的他便骂，气力小的他便打；然而不知怎么一回事，总还是阿Q吃亏的时候多，于是他渐渐的变换了方针，大抵改为怒目而视了。

谁知道阿Q采用怒目主义之后，未庄的闲人们便愈喜欢玩笑他，一见面，他们便假作吃惊的说：

“哙，亮起来了。”

阿Q照例的发了怒，他怒目而视了。

“原来有保险灯在这里！”他们并不怕。

阿Q没有法，只得另外想出报复的话来：

“你还不配……”这时候，又仿佛在他头上的是一种高尚的光荣的癞头疮，并非平常的癞头疮了；但上文说过，阿Q是有见识的，他立刻知道和“犯忌”有点抵触，便不再往底下说。

闲人还不完，只撩他，于是终而至于打。阿Q在形式上打败了，被人揪住黄辫子，在壁上碰了四五个响头，闲人这才心满意足的得胜的走了，阿Q站了一刻，心里想，“我总算被儿子打了，现在的世界真不像样……”于是也心满意足的得胜的走了。

阿Q想在心里的，后来每每说出口来，所以凡有和阿Q玩笑的人们，几乎全知道他有这一种精神上的胜利法，此后每逢揪住他黄辫子的时候，人就先一着对他说：

“阿Q，这不是儿子打老子，是人打畜生。自己说，人打畜生！”

阿Q两只手都捏住了自己的辫根，歪着头，说道：

“打虫豸，好不好？我是虫豸——还不放么？”

但虽然是虫豸，闲人也并不放，仍旧在就近什么地方给他碰了五六个响头，这才心满意足的得胜的走了，他以为阿Q这回可遭了瘟。然而不到十秒钟，阿Q也心满意足的得胜的走了，他觉得他是第一个能够自轻自贱的人，除了“自轻自贱”不算外，余下的就是“第一个”。状元不也是“第一个”么？“你算是什么东西”呢？

阿Q以如是等等妙法克服怨敌之后，便愉快的跑到酒店里喝几碗酒，又和别人调笑一通，口角一通，又得了胜，愉快的回到土谷祠，放倒头睡着了。假使有钱，他便去押牌宝，一堆人蹲在地面上，阿Q即汗流满面的夹在这中间，声音他最响：

“青龙四百！”

“咳——开——啦！”桩家揭开盒子盖，

也是汗流满面的唱。“天门啦——角回啦！人和穿堂空在那里啦！——阿Q的铜钱拿过来！——”

“穿堂一百——一百五十！”

阿Q的钱便在这样的歌吟之下，渐渐的输入别个汗流满面的人物的腰间。他终于只好挤出堆外，站在后面看，替别人着急，一直到散场，然后恋恋的回到土谷祠，第二天，肿着眼睛去工作。

但真所谓“塞翁失马安知非福”罢，阿Q不幸而赢了一回，他倒几乎失败了。

这是未庄赛神的晚上。这晚上照例有一台戏，戏台左近，也照例有许多的赌摊。做戏的锣鼓，在阿Q耳朵里仿佛在十里之外；他只听得桩家的歌唱了。他赢而又赢。铜钱变成角洋，角洋变成大洋，大洋又成了叠。他兴高采烈得非常：

“天门两块！”

他不知道谁和谁为什么打起架来了。骂声，打声，脚步声，昏头昏脑的一大阵，他才爬起来，赌摊不见了，人们也不见了，身上有几处很似乎有些痛，似乎也挨了几拳几脚似的，几个人诧异的对他看。他如有所失的走进土谷祠，定一定神，知道他的一堆洋钱不见了。赶赛会的赌摊多不是本村人，还到那里去寻根柢呢？

很白很亮的一堆洋钱！而且是他的——现在不见了！说是算被儿子拿去了罢，总还是忽忽不乐；说自己是虫豸罢，也还是忽忽不乐：他这回才有些感到失败的苦痛了。

但他立刻转败为胜了。他擎起右手，用力的在自己脸上连打了两个嘴巴，热刺刺的有些痛；打完之后，便心平气和起来，似乎打的是自己，被打的是别一个自己，不久也就仿佛是自己打了别个一般，——虽然还有些热刺刺，——心满意足的得胜的躺下了。

他睡着了。

第三章　续优胜记略

然而阿Q虽然常优胜，却直待蒙赵太爷打他嘴巴之后，这才出了名。

他付过地保二百文酒钱，忿忿的躺下了，后来想："现在的世界太不成话，儿子打老子……"于是忽而想到赵太爷的威风，而现在是他的儿子了，便自己也渐渐的得意起来，爬起身，唱着《小孤孀上坟》到酒店去。这时候，他又觉得赵太爷高人一等了。

说也奇怪，从此之后，果然大家也仿佛格外尊敬他。这在阿Q，或者以为因为他是赵太爷的父亲，而其实也不然。未庄通例，倘如阿七打阿八，或者李四打张三，向来本不算一件事，必须与一位名人如赵太爷者相关，这才载上他们的口碑。一上口碑，则打的既有名，被打的也就托庇有了名。至于错在阿Q，那自然是不必说。所以者何？就因为赵太爷是不会错的。但他既然错了为什么大家又仿佛格外尊敬他呢？这可难解，穿凿起来说，或者因为阿Q说是赵太爷的本家，虽然挨了打，大家也还怕有些真，总不如尊敬一些稳当。否则，也如孔庙里的太牢一般，虽然与猪羊一样，同是畜生，但既经圣人下箸，先儒们便不敢妄动了。

阿Q此后倒得意了许多年。

有一年的春天，他醉醺醺的在街上走，在墙根的日光下，看见王胡在那里赤着膊捉虱子，他忽然觉得身上也痒起来了。这王胡，又癞又胡，别人都叫他王癞胡，阿Q却删去了一个癞字，然而非常渺视他。阿Q的意思，以为癞是不足为奇的，只有这一部络腮胡子，实在太新奇，令人看不上眼。他于是并排坐下去了，倘是别的闲人们，阿Q本不敢大意坐下去。但这王胡旁边，他有什么怕呢？老实说：他肯坐下去，简直还是抬举他。

阿Q也脱下破夹袄来，翻检了一回，不知道因为新洗呢还是因为粗心，许多工夫，只捉到三四个。他看那王胡，却是一个又一个，两个又三个，只放在嘴里毕毕剥剥的响。

阿Q最初是失望，后来却不平了：看不上眼的王胡尚且那么多，自己倒反这样少，这是怎样的大失体统的事呵！他很想寻一两个大的，然而竟没有，好容易才捉到一个中的，恨恨的塞在厚嘴唇里，狠命一咬，劈的一声，又不及王胡响。

他癞疮疤块块通红了，将衣服摔在地上，

吐一口唾沫，说：

“这毛虫！”

“癞皮狗，你骂谁？”王胡轻蔑的抬起眼来说。

阿Q近来虽然比较的受人尊敬，自己也更高傲些，但和那些打惯的闲人们见面还胆怯，独有这回却非常武勇了。这样满脸胡子的东西，也敢出言无状么？

“谁认便骂谁！”他站起来，两手叉在腰间说。

“你的骨头痒了么？”王胡也站起来，披上衣服说。

阿Q以为他要逃了，抢进去就是一拳，这拳头还未达到身上，已经被他抓住了，只一拉，阿Q跄跄踉踉的跌进去，立刻又被王胡扭住了辫子，要拉到墙上照例去碰头。

“‘君子动口不动手’！”阿Q歪着头说。

王胡似乎不是君子，并不理会，一连给他碰了五下，又用力的一推，至于阿Q跌出六尺多远，这才满足的去了。

在阿Q的记忆上，这大约要算是生平第一件的屈辱，因为王胡以络腮胡子的缺点，向来只被他奚落，从没有奚落他，更不必说动手了，而他现在竟动手，很意外，难道真如市上所说，皇帝已经停了考，不要秀才和举人了，因此赵家减了威风。因此他们也便小觑了他么？

阿Q无可适从的站着。

远远的走来了一个人，他的对头又到了。这也是阿Q最厌恶的一个人，就是钱太爷的大儿子。他先前跑上城里去进洋学堂，不知怎么又跑到东洋去了，半年之后他回到家里来，腿也直了，辫子也不见了，他的母亲大哭了十几场，他的老婆跳了三回井。后来，他的母亲到处说："这辫子是被坏人灌醉了酒剪去的。本来可以做大官，现在只好等留长再说了。”然而阿Q不肯信，偏称他“假洋鬼子”，也叫作“里通外国的人”，一见他，一定在肚子里暗暗的咒骂。

阿Q尤其“深恶而痛绝之”的，是他的一条假辫子。辫子而至于假，就是没有了做人的资格；他的老婆不跳第四回井，也不是好女人。

这“假洋鬼子”近来了。

“秃儿。驴……”阿Q历来本只在肚子里骂，没有出过声，这回因为正气忿，因为要报仇，便不由的轻轻的说出来了。

不料这秃儿却拿着一支黄漆的棍子——就是阿Q所谓哭丧棒——大踏步走了过来。阿Q在这刹那，便知道大约要打了，赶紧抽紧筋骨，耸了肩膀等候着，果然，拍的一声，似乎确凿打在自己头上了。

“我说他！”阿Q指着近旁的一个孩子，

分辩说。

拍！拍拍！

在阿Q的记忆上，这大约要算是生平第二件的屈辱。幸而拍拍的响了之后，于他倒似乎完结了一件事，反而觉得轻松些，而且“忘却”这一件祖传的宝贝也发生了效力，他慢慢的走，将到酒店门口，早已有些高兴了。

但对面走来了静修庵里的小尼姑。阿Q便在平时，看见伊也一定要唾骂，而况在屈辱之后呢？他于是发生了回忆，又发生了敌忾了。

“我不知道我今天为什么这样晦气，原来就因为见了你！”他想。

他迎上去，大声的吐一口唾沫：

“咳，呸！”

小尼姑全不睬，低了头只是走。阿Q走近伊身旁，突然伸出手去摩着伊新剃的头皮，呆笑着，说：

“秃儿！快回去，和尚等着你……”

“你怎么动手动脚……”尼姑满脸通红的说，一面赶快走。

酒店里的人大笑了。阿Q看见自己的勋业得了赏识，便愈加兴高采烈起来：

“和尚动得，我动不得？”他扭住伊的面颊。

酒店里的人大笑了。阿Q更得意，而且为满足那些赏鉴家起见，再用力的一拧，才放手。

他这一战，早忘却了王胡，也忘却了假洋鬼子，似乎对于今天的一切“晦气”都报了仇；而且奇怪，又仿佛全身比拍拍的响了之后更轻松，飘飘然的似乎要飞去了。

“这断子绝孙的阿Q！”远远地听得小尼姑的带哭的声音。

“哈哈哈！”阿Q十分得意的笑。

“哈哈哈！”酒店里的人也九分得意的笑。

第四章　恋爱的悲剧

有人说：有些胜利者，愿意敌手如虎，如鹰，他才感得胜利的欢喜；假使如羊，如小鸡，他便反觉得胜利的无聊。又有些胜利者，当克服一切之后，看见死的死了，降的降了，“臣诚惶诚恐死罪死罪”，他于是没有了敌人，没有了对手，没有了朋友，只有自己在上，一个，孤另另，凄凉，寂寞，便反而感到了胜利的悲哀。然而我们的阿Q却没有这样乏，他是永远得意的：这或者也是中国精神文明冠于全球的一个证据了。

看哪，他飘飘然的似乎要飞去了！

然而这一次的胜利，却又使他有些异样。他飘飘然的飞了大半天，飘进土谷祠，照例应该躺下便打鼾。谁知道这一晚，他很不容易合眼，他觉得自己的大拇指和第二指有点古怪：仿佛比平常滑腻些。不知道是小尼姑的脸上有一点滑腻的东西粘在他指上，还是他的指头在小尼姑脸上磨得滑腻了？……”

“断子绝孙的阿Q！”

阿Q的耳朵里又听到这句话。他想：不错，应该有一个女人，断子绝孙便没有人供一碗饭，……应该有一个女人。夫“不孝有三无后为大”，而“若敖之鬼馁而”[1]，也是一件人生的大哀，所以他那思想，其实是样样合于圣经贤传的，只可惜后来有些“不能收其放心”了。

“女人，女人！……”他想。

“……和尚动得……女人，女人！……女人！”他又想：

1　《左传·宣公四年》：“鬼犹求食，若敖氏之鬼，不其馁而？”后用“若敖鬼馁”为成语比喻人绝后嗣。

我们不能知道这晚上阿Q在什么时候才打鼾。但大约他从此总觉得指头有些滑腻，所以他从此总有些飘飘然；“女……”他想。

即此一端，我们便可以知道女人是害人的东西。

中国的男人，本来大半都可以做圣贤，可惜全被女人毁掉了。商是妲己闹亡的；周是褒姒弄坏的；秦……虽然史无明文，我们也假定他因为女人，大约未必十分错；而董卓可是的确给貂蝉害死了。

阿Q本来也是正人，我们虽然不知道他曾蒙什么明师指授过，但他对于“男女之大防”却历来非常严；也很有排斥异端——如小尼姑及假洋鬼子之类——的正气。他的学说是：凡尼姑，一定与和尚私通；一个女人在外面走，一定想引诱野男人；一男一女在那里讲话，一定要有勾当了。为惩治他们起见，所以他往往怒目而视，或者大声说几句“诛心”话，或者在冷僻处，便从后面掷一块小石头。

谁知道他将到“而立”之年，竟被小尼姑害得飘飘然了。这飘飘然的精神，在礼教上是不应该有的，——所以女人真可恶，假使小尼姑的脸上不滑腻，阿Q便不至于被蛊，又假使小尼姑的脸上盖一层布，阿Q便也不至于被蛊了，——他五六年前，曾在戏台下的人丛中拧过一个女人的大腿，但因为隔一层裤，所以此后并不飘飘然，——而小尼姑并不然，这也足见异端之可恶。

“女……”阿Q想。

他对于以为“一定想引诱野男人”的女人，时常留心看，然而伊并不对他笑。他对于和他讲话的女人，也时常留心听，然而伊又并不提起关于什么勾当的话来。哦，这也是女人可恶之一节：伊们全都要装“假正经”的。

这一天，阿Q在赵太爷家里舂了一天米，吃过晚饭，便坐在厨房里吸旱烟。倘在别家，吃过晚饭本可以回去的了，但赵府上晚饭早，虽说定例不准掌灯，一吃完便睡觉，然而偶然也有一些例外：其一，是赵大爷未进秀才的时候，准其点灯读文章；其二，便是阿Q来做短工的时候，准其点灯舂米。因为这一条例外，所以阿Q在动手舂米之前，还坐在厨房里吸旱烟。

吴妈，是赵太爷家里唯一的女仆，洗完了碗碟，也就在长凳上坐下了，而且和阿Q谈闲天：

"太太两天没有吃饭哩，因为老爷要买一个小的……"

"女人……吴妈……这小孤孀……"阿Q想。

"我们的少奶奶是八月里要生孩子了……"

"女人……"阿Q想。

阿Q放下烟管，站了起来。

"我们的少奶奶……"吴妈还唠叨说。

"我和你困觉，我和你困觉！"阿Q忽然抢上去，对伊跪下了。

一刹时中很寂然。

"阿呀！"吴妈楞了一息，突然发抖，大叫着往外跑，且跑且嚷，似乎后来带哭了。

阿Q对了墙壁跪着也发楞，于是两手扶着空板凳，慢慢的站起来，仿佛觉得有些糟。他这时确也有些忐忑了，慌张的将烟管插在裤带上，就想去舂米。蓬的一声，头上着了很粗的一下，他急忙回转身去，那秀才便拿了一支大竹杠站在他面前。

"你反了，……你这……"

大竹杠又向他劈下来了。阿Q两手去抱头，拍的正打在指节上，这可很有一些痛。他冲出厨房门，仿佛背上又着了一下似的。

“忘八蛋！”秀才在后面用了官话这样骂。

阿Q奔入舂米场，一个人站着。还觉得指头痛，还记得“忘八蛋”，因为这话是未庄的乡下人从来不用，专是见过官府的阔人用的，所以格外怕，而印象也格外深。但这时，他那“女……”的思想却也没有了。而且打骂之后，似乎一件事也已经收束，倒反觉得一无挂碍似的，便动手去舂米。舂了一会，他热起来了，又歇了手脱衣服。

脱下衣服的时候，他听得外面很热闹，阿Q生平本来最爱看热闹，便即寻声走出去了。寻声渐渐的寻到赵太爷的内院里，虽然在昏黄中，却辨得出许多人，赵府一家连两日不吃饭的太太也在内，还有间壁的邹七嫂，真正本家的赵白眼，赵司晨。

少奶奶正拖着吴妈走出下房来，一面说：

“你到外面来，……不要躲在自己房里想……”

“谁不知道你正经，……短见是万万寻不得的。”邹七嫂也从旁说：

吴妈只是哭，夹些话，却不甚听得分明。

阿Q想：“哼，有趣，这小孤孀不知道闹着什么玩意儿了？”他想打听，走近赵司晨的身边。这时他猛然间看见赵大爷向他奔来，而且手里捏着一支大竹杠。他看见这一支大竹杠，便猛然间悟到自己曾经被打。和这一场热闹似乎有点相关。他翻身便走，想逃回舂米场，不图这支竹杠阻了他的去路，于是他又翻身便走，自然而然的走出后门，不多工夫，已在土谷祠内了。

阿Q坐了一会，皮肤有些起粟，他觉得冷了，因为虽在春季，而夜间颇有余寒，尚不宜于赤膊。他也记得布衫留在赵家，但倘若去取，又深怕秀才的竹杠。然而地保进来了。

“阿Q，你的妈妈的！你连赵家的用人都调戏起来，简直是造反。害得我晚上没有觉睡，你的妈妈的！……”

如是云云的教训了一通，阿Q自然没有话。临末，因为在晚上，应该送地保加倍酒钱四百文，阿Q正没有现钱，便用一顶毡帽做抵押，并且订定了五条件：

一，明天用红烛——要一斤重的——一对，香一封，到赵府上去赔罪。

二，赵府上请道士祓除缢鬼，费用由阿Q负担。

三，阿Q从此不准踏进赵府的门槛。

四，吴妈此后倘有不测，惟阿Q是问。

五，阿Q不准再去索取工钱和布衫。

阿Q自然都答应了，可惜没有钱。幸而已经春天，棉被可以无用，便质了二千大钱，履行条约。赤膊磕头之后，居然还剩几文，他也不再赎毡帽，统统喝了酒了。但赵家也并不烧香点烛，因为太太拜佛的时候可以用，留着了。那破布衫是大半做了少奶奶八月间生下来的孩子的衬尿布，那小半破烂的便都做了吴妈的鞋底。

第五章　生计问题

阿Q礼毕之后，仍旧回到土谷祠，太阳下去了，渐渐觉得世上有些古怪。他仔细一想，终于省悟过来：其原因盖在自己的赤膊。他记得破夹袄还在，便披在身上，躺倒了，待张开眼睛，原来太阳又已经照在西墙上头了。他坐起身，一面说道："妈妈的……"

他起来之后，也仍旧在街上逛，虽然不比

赤膊之有切肤之痛，却又渐渐的觉得世上有些古怪了。仿佛从这一天起，未庄的女人们忽然都怕了羞，伊们一见阿Q走来，便个个躲进门里去。甚而至于将近五十岁的邹七嫂，也跟着别人乱钻，而且将十一岁的女儿都叫进去了。阿Q很以为奇，而且想："这些东西忽然都学起小姐模样来了。这娼妇们……"

但他更觉得世上有些古怪，却是许多日以后的事。其一，酒店不肯赊欠了；其二，管土谷祠的老头子说些废话，似乎叫他走；其三，他虽然记不清多少日，但确乎有许多日，没有一个人来叫他做短工。酒店不赊，熬着也罢了；老头子催他走，噜嗦一通也就算了；只是没有人来叫他做短工，却使阿Q肚子饿：这委实是一件非常"妈妈的"的事情。

阿Q忍不下去了，他只好到老主顾的家里去探问，——但独不许踏进赵府的门槛，——

然而情形也异样：一定走出一个男人来，现了十分烦厌的相貌，像回复乞丐一般的摇手道：

"没有没有！你出去！"

阿Q愈觉得稀奇了。他想，这些人家向来少不了要帮忙，不至于现在忽然都无事，这总该有些蹊跷在里面了。他留心打听，才知道他们有事都去叫小Don，这小D，是一个穷小子，又瘦又乏，在阿Q的眼睛里，位置是在王胡之下的，谁料这小子竟谋了他的饭碗去。所以阿Q这一气，更与平常不同，当气愤愤的走着的时候，忽然将手一扬，喝道：

"我手执钢鞭将你打！……"

几天之后，他竟在钱府的照壁前遇见了小D。"仇人相见分外眼明"，阿Q便迎上去，小D也站住了。

"畜生！"阿Q怒目而视的说，嘴角上飞出唾沫来。

“我是虫豸，好么？……”小D说。

这谦逊反使阿Q更加愤怒起来，但他手里没有钢鞭，于是只得扑上去，伸手去拔小D的辫子。小D一手护住了自己的辫根，一手也来拔阿Q的辫子，阿Q便也将空着的一只手护住了自己的辫根。从先前的阿Q看来，小D本来是不足齿数的，但他近来挨了饿，又瘦又乏已经不下于小D，所以便成了势均力敌的现象，四只手拔着两颗头，都弯了腰，在钱家粉墙上映出一个蓝色的虹形，至于半点钟之久了。

“好了，好了！”看的人们说，大约是解劝的。

“好，好！”看的人们说，不知道是解劝，是颂扬，还是煽动。

然而他们都不听。阿Q进三步，小D便退三步，都站着；小D进三步，阿Q便退三步，又都站着。大约半点钟，——未庄少有自鸣钟，所以很难说，或者二十分，——他们的头发里便都冒烟，额上便都流汗，阿Q的手放松了，在同一瞬间，小D的手也正放松了，同时直起，同时退开，都挤出人丛去。

“记着罢，妈妈的……”阿Q回过头去说。

“妈妈的，记着罢……”小D也回过头来说。

这一场“龙虎斗”似乎并无胜败，也不知道看的人可满足，都没有发什么议论，而阿Q却仍然没有人来叫他做短工。

有一日很温和，微风拂拂的颇有些夏意了，阿Q却觉得寒冷起来，但这还可担当，第一倒是肚子饿。棉被，毡帽，布衫早已没有了，其次就卖了棉袄；现在有裤子，却万不可脱的；有破夹袄，又除了送人做鞋底之外，决定卖不出钱。他早想在路上拾得一注钱，但至今还没有见；他想在自己的破屋里忽然寻到一注钱，慌张的四顾，但屋内是空虚而且了然。于是他决计出门求食去了。

他在路上走着要“求食”，看见熟识的酒店，看见熟识的馒头，但他都走过了，不但没有暂停，而且并不想要。他所求的不是这类东西了；他求的是什么东西，他自己不知道。

未庄本不是大村镇，不多时便走尽了。村外多是水田，满眼是新秧的嫩绿，夹着几个圆形的活动的黑点，便是耕田的农夫。阿Q并不赏鉴这田家乐，却只是走，因为他直觉的知道这与他的“求食”之道是很辽远的。但他终于走到静修庵的墙外了。

庵周围也是水田，粉墙突出在新绿里，后面的低土墙里是菜园。阿Q迟疑了一会，四面一看，并没有人。他便爬上这矮墙去，扯着何首乌藤，但泥土仍然簌簌的掉，阿Q的脚也索索的抖；终于攀着桑树枝，跳到里面了。里面真是郁郁葱葱，但似乎并没有黄酒馒头，以及此外可吃的之类。靠西墙是竹丛，下面许多笋，只可惜都是并未煮熟的，还有油菜早经结子，芥菜已将开花，小白菜也很老了。

阿Q仿佛文童落第似的觉得很冤屈，他慢慢走近园门去，忽而非常惊喜了，这分明是一畦老萝卜。他于是蹲下便拔，而门口突然伸出一个很圆的头来，又即缩回去了，这分明是小尼姑。小尼姑之流是阿Q本来视若草芥的，但世事须“退一步想”，所以他便赶紧拔起四个萝卜，拧下青叶，兜在大襟里。然而老尼姑已经出来了！

“阿弥陀佛，阿Q，你怎么跳进园里来偷萝卜！……阿呀，罪过呵，阿唷，阿弥陀佛！……”

“我什么时候跳进你的园里来偷萝卜？”阿Q且看且走的说。

“现在……这不是？”老尼姑指着他的衣兜。

“这是你的？你能叫得他答应你么？你……”

阿Q没有说完话，拔步便跑；追来的是一匹很肥大的黑狗。这本来在前门的，不知怎的到后园来了。黑狗哼而且追，已经要咬着阿Q的腿，幸而从衣兜里落下一个萝卜来，那狗给一吓，略略一停，阿Q已经爬上桑树，跨到土墙，连人和萝卜都滚出墙外面了。只剩着黑狗还在对着桑树嗥，老尼姑念着佛。

阿Q怕尼姑又放出黑狗来，拾起萝卜便走，沿路又检了几块小石头，但黑狗却并不再出现。阿Q于是抛了石块，一面走一面吃，而且想道，这里也没有什么东西寻，不如进城去。……

待三个萝卜吃完时，他已经打定了进城的主意了。

第六章　从中兴到末路

在未庄再看见阿Q出现的时候，是刚过了这年的中秋。人们都惊异，说是阿Q回来了，于是又回上去想道，他先前那里去了呢？阿Q前几回的上城，大抵早就兴高采烈的对人说，但这一次却并不，所以也没有一个人留心到。他或者也曾告诉过管土谷祠的老头子，然而未庄老例，只有赵太爷钱太爷和秀才大爷上城才算一件事。假洋鬼子尚且不足数，何况是阿Q：因此老头子也就不替他宣传，而未庄的社会上也就无从知道了。

但阿Q这回的回来，却与先前大不同，确乎很值得惊异。天色将黑，他睡眼朦胧的在酒店门前出现了，他走近柜台，从腰间伸出手来，满把是银的和铜的，在柜上一扔说："现钱！

打酒来！”穿的是新夹袄，看去腰间还挂着一个大搭连，沉钿钿的将裤带坠成了很弯很弯的弧线。未庄老例，看见略有些醒目的人物，是与其慢也宁敬的，现在虽然明知道是阿Q，但因为和破夹袄的阿Q有些两样了，古人云，“士别三日便当刮目相待”，所以堂倌，掌柜，酒客，路人，便自然显出一种疑而且敬的形态来。掌柜既先之以点头，又继之以谈话：

“嚄，阿Q，你回来了！”

“回来了。”

“发财发财，你是——在……”

“上城去了！”

这一件新闻，第二天便传遍了全未庄。人人都愿意知道现钱和新夹袄的阿Q的中兴史，所以在酒店里，茶馆里，庙檐下，便渐渐的探听出来了。这结果，是阿Q得了新敬畏。

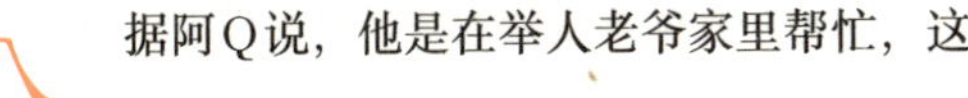

据阿Q说，他是在举人老爷家里帮忙，这

一节，听的人都肃然了。这老爷本姓白，但因为合城里只有他一个举人，所以不必再冠姓，说起举人来就是他。这也不独在未庄是如此，便是一百里方圆之内也都如此，人们几乎多以为他的姓名就叫举人老爷的了。在这人的府上帮忙，那当然是可敬的。但据阿Q又说，他却不高兴再帮忙了，因为这举人老爷实在太“妈妈的”了。这一节，听的人都叹息而且快意，因为阿Q本不配在举人老爷家里帮忙，而不帮忙是可惜的。

据阿Q说，他的回来，似乎也由于不满意城里人，这就在他们将长凳称为条凳，而且煎鱼用葱丝，加以最近观察所得的缺点，是女人的走路也扭得不很好，然而也偶有大可佩服的地方，即如未庄的乡下人不过打三十二张的竹牌，只有假洋鬼子能够叉“麻酱”，城里却连小乌龟子都叉得精熟的。什么假洋鬼子，只要放在城里的十几岁的小乌龟子的手里，也就立刻是“小鬼见阎王”。这一节，听的人都赧然了。

“你们可看见过杀头么？”阿Q说，“咳，好看。杀革命党。唉，好看好看，……”他摇摇头，将唾沫飞在正对面的赵司晨的脸上。这一节，听的人都凛然了。但阿Q又四面一看，忽然扬起右手，照着伸长脖子听得出神的王胡的后项窝上直劈下去道：

“嚓！”

王胡惊得一跳，同时电光石火似的赶快缩了头，而听的人又都悚然而且欣然了。从此王胡瘟头瘟脑的许多日，并且再不敢走近阿Q的身边；别的人也一样。

阿Q这时在未庄人眼睛里的地位，虽不敢说超过赵太爷，但谓之差不多，大约也就没有什么语病的了。

然而不多久，这阿Q的大名忽又传遍了未庄的闺中。虽然未庄只有钱赵两姓是大屋，此外十之九都是浅闺，但闺中究竟是闺中，所以也算得一件神异。女人们见面时一定说，邹七嫂在阿Q那里买了一条蓝绸裙，旧固然是旧的，但只化了九角钱，还有赵白眼的母亲，——一说是赵司晨的母亲，待考，——也买了一件孩子穿的大红洋纱衫，七成新，只用三百大钱九二串，于是伊们都眼巴巴的想见阿Q，缺绸裙的想问他买绸裙，要洋纱衫的想问他买洋纱衫，不但见了不逃避，有时阿Q已经走过了，也还要追上去叫住他，问道：

"阿Q，你还有绸裙么？没有？纱衫也要的，有罢？"

后来这终于从浅闺传进深闺里去了，因为邹七嫂得意之余，将伊的绸裙请赵太太去鉴赏，赵太太又告诉了赵太爷而且着实恭维了一番。

赵太爷便在晚饭桌上，和秀才大爷讨论，以为阿Q实在有些古怪，我们门窗应该小心些；但他的东西，不知道可还有什么可买，也许有点好东西罢。加以赵太太也正想买一件价廉物美的皮背心。于是家族决议，便托邹七嫂即刻去寻阿Q，而且为此新辟了第三种的例外：这晚上也姑且特准点油灯。

油灯干了不少了，阿Q还不到。赵府的全眷都很焦急，打着呵欠，或恨阿Q太飘忽，或怨邹七嫂不上紧。赵太太还怕他因为春天的条件不敢来，而赵太爷以为不足虑；因为这是“我”去叫他的。果然，到底赵太爷有见识，阿Q终于跟着邹七嫂进来了。

“他只说没有没有，我说你自己当面说去，他还要说，我说……”邹七嫂气喘吁吁的走着说。

“太爷！”阿Q似笑非笑的叫了一声，在

檐下站住了。

“阿Q，听说你在外面发财。”赵太爷踱开去，眼睛打量着他的全身，一面说。“那很好，那很好的。这个，……听说你有些旧东西，……可以都拿来看一看，……这也并不是别的，因为我倒要……”

“我对邹七嫂说过了。都完了。”

“完了？”赵太爷不觉失声的说，“那里会完得这样快呢？”

“那是朋友的，本来不多。他们买了些。……”

“总该还有一点罢。”

“现在，只剩了一张门幕了。”

“就拿门幕来看看罢。”赵太太慌忙说。

“那么，明天拿来就是，”赵太爷却不甚热心了。“阿Q，你以后有什么东西的时候，你尽先送来给我们看，……”

“价钱决不会比别家出得少！”秀才说。

秀才娘子忙一瞥阿Q的脸，看他感动了没有。

“我要一件皮背心。”赵太太说。

阿Q虽然答应着，却懒洋洋的出去了，也不知道他是否放在心上。这使赵太爷很失望，气忿而且担心，至于停止了打呵欠。秀才对于阿Q的态度也很不平，于是说，这忘八蛋要提防，或者竟不如吩咐地保，不许他住在未庄。但赵太爷以为不然，说这也怕要结怨，况且做这路生意的大概是“老鹰不吃窝下食”，本村倒不必担心的；只要自己夜里警醒点就是了。秀才听了这“庭训”，非常之以为然，便即刻撤消了驱逐阿Q的提议，而且叮嘱邹七嫂，请伊万不要向人提起这一段话。

但第二日，邹七嫂便将那蓝裙去染了皂，又将阿Q可疑之点传扬出去了，可是确没有提起秀才要驱逐他这一节。然而这已经于阿Q很不利。最先，地保寻上门了，取了他的门幕去，阿Q说是赵太太要看的，而地保也不还，并且要议定每月的孝敬钱。其次，是村人对于他的敬畏忽而变相了，虽然还不敢来放肆，却很有远避的神情，而这神情和先前的防他来“嚓”的时候又不同，颇混着“敬而远之”的分子了。

只有一班闲人们却还要寻根究底的去探阿Q的底细。阿Q也并不讳饰，傲然的说出他的经验来。从此他们才知道，他不过是一个小脚色，不但不能上墙，并且不能进洞，只站在洞外接东西。有一夜，他刚才接到一个包，正手再进去，不一会，只听得里面大嚷起来，他便赶紧跑，连夜爬出城，逃回未庄来了，从此不敢再去做。然而这故事却于阿Q更不利，村人对于阿Q的“敬而远之”者，本因为怕结怨，谁料他不过是一个不敢再偷的偷儿呢？这实在是“斯亦不足畏也矣”。

第七章　革命

宣统三年九月十四日——即阿Q将搭连卖给赵白眼的这一天——三更四点，有一只大乌篷船到了赵府上的河埠头。这船从黑魆魆中荡来，乡下人睡得熟，都没有知道；出去时将近黎明，却很有几个看见的了。据探头探脑的调查来的结果，知道那竟是举人老爷的船！

那船便将大不安载给了未庄，不到正午，全村的人心就很摇动。船的使命，赵家本来是很秘密的，但茶坊酒肆里却都说，革命党要进城，举人老爷到我们乡下来逃难了。惟有邹七嫂不以为然，说那不过是几口破衣箱，举人老爷想来寄存的，却已被赵太爷回复转去。其实举人老爷和赵秀才素不相能，在理本不能有"共患难"的情谊，况且邹七嫂又和赵家是邻居，见闻较为切近，所以大概该是伊对的。

然而谣言很旺盛，说举人老爷虽然似乎没有亲到，却有一封长信，和赵家排了“转折亲”。赵太爷肚里一轮，觉得于他总不会有坏处，便将箱子留下了，现就塞在太太的床底下。至于革命党，有的说是便在这一夜进了城，个个白盔白甲：穿着崇正皇帝的素。

阿Q的耳朵里，本来早听到过革命党这一句话，今年又亲眼见过杀掉革命党。但他有一种不知从那里来的意见，以为革命党便是造反，造反便是与他为难，所以一向是“深恶而痛绝之”的。殊不料这却使百里闻名的举人老爷有这样怕，于是他未免也有些“神往”了，况且未庄的一群鸟男女的慌张的神情，也使阿Q更快意。

“革命也好罢，”阿Q想，“革这伙妈妈的命，太可恶！太可恨！……便是我，也要投降革命党了。”

阿Q近来用度窘，大约略略有些不平；加以午间喝了两碗空肚酒，愈加醉得快，一面想一面走，便又飘飘然起来。不知怎么一来，忽而似乎革命党便是自己，未庄人却都是他的俘虏了，他得意之余，禁不住大声的嚷道：

“造反了！造反了！”

未庄人都用了惊惧的眼光对他看。这一种可怜的眼光，是阿Q从来没有见过的，一见之下，又使他舒服得如六月里喝了雪水。他更加高兴的走而且喊道：

“好，……我要什么就是什么，我欢喜谁就是谁。

得得，锵锵！

悔不该，酒醉了错斩了郑贤弟。

悔不该，呀呀呀……

得得，锵锵，得，锵令锵！

我手执钢鞭将你打……”

赵府上的两位男人和两个真本家，也正站在大门口论革命。阿Q没有见，昂了头直唱过去。

“得得，……”

“老Q，”赵太爷怯怯的迎着低声的叫。

“锵锵，”阿Q料不到他的名字会和“老”字联结起来，以为是一句别的话，与己无干；只是唱。“得，锵，锵令锵，锵！”

“老Q。”

“悔不该……”

“阿Q！”秀才只得直呼其名了。

阿Q这才站住，歪着头问道：“什么？”

“老Q，……现在……”赵太爷却又没有话，“现在……发财么？”

“发财？自然。要什么就是什么……”

“阿……Q哥，像我们这样穷朋友是不要

紧的……”赵白眼惴惴的说，似乎想探革命党的口风。

“穷朋友？你总比我有钱。”阿Q说着自去了。

大家都怃然，没有话，赵太爷父子回家，晚上商量到点灯。赵白眼回家，便从腰间扯下搭连来，交给他女人藏在箱底里。

阿Q飘飘然的飞了一通，回到土谷祠，酒已经醒透了。这晚上，管祠的老头子也意外的和气，请他喝茶；阿Q便向他要了两个饼，吃完之后，又要了一支点过的四两烛和一个树烛台，点起来，独自躺在自己的小屋里。他说不出的新鲜而且高兴，烛火像元夜似的闪闪的跳，他的思想也迸跳起来了：——

“造反？有趣，……来了一阵白盔白甲的革命党，都拿着板刀，钢鞭，炸弹，洋炮，三尖两刃刀，钩镰枪，走过土谷祠，叫道：‘阿

Q！同去同去！’于是一同去。……

“这时未庄的一伙鸟男女才好笑哩，跪下叫道：‘阿Q，饶命！’谁听他！第一个该死的是小D和赵太爷，还有秀才，还有假洋鬼子，……留几条么？王胡本来还可留，但也不要了。……

“东西，……直走进去打开箱子来：元宝，洋钱，洋纱衫，……秀才娘子的一张宁式床先搬到土谷祠，此外便摆了钱家的桌椅，——或者也就用赵家的罢。自己是不动手的了，叫小D来搬，要搬得快，搬得不快打嘴巴。……

“赵司晨的妹子真丑。邹七嫂的女儿过几年再说。假洋鬼子的老婆会和没有辫子的男人睡觉，吓，不是好东西！秀才的老婆是眼胞上有疤的。……吴妈长久不见了，不知道在那里，——可惜脚太大。”

阿Q没有想得十分停当，已经发了鼾声，

四两烛还只点去了小半寸，红焰焰的光照着他张开的嘴。

“荷荷！”阿Q忽而大叫起来，抬了头仓皇的四顾。待到看见四两烛，却又倒头睡去了。

第二天他起得很迟，走出街上看时，样样都照旧。他也仍然肚饿，他想着，想不起什么来；但他忽而似乎有了主意了，慢慢的跨开步，有意无意的走到静修庵。

庵和春天时节一样静，白的墙壁和漆黑的门。他想了一想，前去打门，一只狗在里面叫。他急急拾了几块断砖，再上去较为用力的打，打到黑门上生出许多麻点的时候，才听得有人来开门。

阿Q连忙捏好砖头，摆开马步，准备和黑狗来开战。但庵门只开了一条缝，并无黑狗从中冲出，望进去只有一个老尼姑。

“你又来什么事？”伊大吃一惊的说。

“革命了……你知道？……”阿Q说得很含胡。

“革命革命，革过一革的，……你们要革得我们怎么样呢？”老尼姑两眼通红的说。

“什么？……”阿Q诧异了。

“你不知道，他们已经来革过了！”

“谁？……”阿Q更其诧异了。

“那秀才和洋鬼子！”

阿Q很出意外，不由的一错愕，老尼姑见他失了锐气，便飞速的关了门，阿Q再推时，牢不可开，再打时，没有回答了。

那还是上午的事。赵秀才消息灵，一知道革命党已在夜间进城，便将辫子盘在顶上，一早去拜访那历来也不相能的钱洋鬼子。这是“咸与维新[1]”的时候了，所以他们便谈得很投机，立刻成了情投意合的同志，也相约去革命。

1　意为准许身染恶习或犯罪的人改过自新。

他们想而又想：才想出静修庵里有一块“皇帝万岁万万岁”的龙牌，是应该赶紧革掉的，于是又立刻同到庵里去革命。因为老尼姑来阻挡，说了三句话，他们便将伊当作满政府，在头上很给了不少的棍子和栗凿。尼姑待他们走后，定了神来检点，龙牌固然已经碎在地上了，而且又不见了观音娘娘座前的一个宣德炉。

这事阿Q后来才知道。他颇悔自己睡着，但也深怪他们不来招呼他。他又退一步想道：

“难道他们还没有知道我已经投降了革命党么？”

第八章　不准革命

未庄的人心日见其安静了。据传来的消息，

知道革命党虽然进了城，倒还没有什么大异样。知县大老爷还是原官，不过改称了什么，而且举人老爷也做了什么——这些名目，未庄人都说不明白——官，带兵的也还是先前的老把总[1]。只有一件可怕的事是另有几个不好的革命党夹在里面捣乱，第二天便动手剪辫子，听说那邻村的航船七斤便着了道儿，弄得不像人样子了。但这却还不算大恐怖，因为未庄人本来少上城，即使偶有想进城的，也就立刻变了计，碰不着这危险。阿Q本也想进城去寻他的老朋友，一得这消息，也只得作罢了。

但未庄也不能说是无改革。几天之后。将辫子盘在顶上的逐渐增加起来了，早经说过，最先自然是茂才公，其次便是赵司晨和赵白眼，后来是阿Q。倘在夏天，大家将辫子盘在头顶上或者打一个结，本不算什么稀奇事，但现在

1　指清朝最低等级的武官。

是暮秋，所以这“秋行夏令”的情形，在盘辫家不能不说是万分的英断，而在未庄也不能说无关于改革了。

赵司晨脑后空荡荡的走来，看见的人大嚷说：

“嚄，革命党来了！”

阿Q听到了很羡慕。他虽然早知道秀才盘辫的大新闻，但总没有想到自己可以照样做，现在看见赵司晨也如此，才有了学样的意思，定下实行的决心。他用一支竹筷将辫子盘在头顶上，迟疑多时，这才放胆的走去。

他在街上走，人也看他，然而不说什么话，阿Q当初很不快，后来便很不平。他近来很容易闹脾气了；其实他的生活，倒也并不比造反之前反艰难，人见他也客气，店铺也不说要现钱。而阿Q总觉得自己太失意：既然革了命，不应该只是这样的。况且有一回看见小D，愈使他气破肚皮了。

小D也将辫子盘在头顶上了，而且也居然用一支竹筷。阿Q万料不到他也敢这样做，自己也决不准他这样做！小D是什么东西呢？他很想即刻揪住他，拗断他的竹筷，放下他的辫子，并且批他几个嘴巴，聊且惩罚他忘了生辰八字，也敢来做革命党的罪。但他终于饶放了，单是怒目而视的吐一口唾沫道："呸！"

这几日里，进城去的只有一个假洋鬼子。赵秀才本也想靠着寄存箱子的渊源，亲身去拜访举人老爷的，但因为有剪辫的危险，所以也就中止了。他写了一封"黄伞格"[1]的信，托假洋鬼子带上城，而且托他给自己绍介绍介，去进自由党。假洋鬼子回来时，向秀才讨还了四块洋钱，秀才便有一块银桃子挂在大襟上了；

1 一种书信格式，排列方式像旧时官吏仪仗撑的黄伞，故有此称。

未庄人都惊服，说这是柿油党的顶子，抵得一个翰林，赵太爷因此也骤然大阔，远过于他儿子初隽秀才的时候，所以目空一切，见了阿Q，也就很有些不放在眼里了。

阿Q正在不平，又时时刻刻感着冷落，一听得这银桃子的传说，他立即悟出自己之所以冷落的原因了：要革命，单说投降，是不行的；盘上辫子，也不行的；第一着仍然要和革命党去结识。他生平所知道的革命党只有两个，城里的一个早已"嚓"的杀掉了，现在只剩了一个假洋鬼子。他除却赶紧去和假洋鬼子商量之外，再没有别的道路了。

钱府的大门正开着，阿Q便怯怯的躄进去，他一到里面，很吃了惊，只见假洋鬼子正站在院子的中央，一身乌黑的大约是洋衣，身上也挂着一块银桃子，手里是阿Q曾经领教过的棍子，已经留到一尺多长的辫子都拆开了披在肩背上，蓬头散发的像一个刘海仙[1]。对面挺直的站着赵白眼和三个闲人，正在必恭必敬的听说话。

阿Q轻轻的走近了，站在赵白眼的背后，心里想招呼，却不知道怎么说才好：叫他假洋鬼子固然是不行的了，洋人也不妥，革命党也不妥，或者就应该叫洋先生了罢。

洋先生却没有见他，因为白着眼睛讲得正起劲：

“我是性急的，所以我们见面，我总是说：洪哥！我们动手罢！他却总说道No！——这是洋话，你们不懂的。否则早已成功了，然而这正是他做事小心的地方。他再三再四的请我上湖北，我还没有肯。谁愿意在这小县城里做事情。……”

1　即刘海蟾，他在画中常常是身披长发、短发覆额的道士形象。

“唔，……这个……”阿Q候他略停，终于用十二分的勇气开口了，但不知道因为什么，又并不叫他洋先生。

听着说话的四个人都吃惊的回顾他。洋先生也才看见：

“什么？”

“我……”

“出去！”

“我要投……”

“滚出去！”洋先生扬起哭丧棒来了。

赵白眼和闲人们便都吆喝道：“先生叫你滚出去，你还不听么！”

阿Q将手向头上一遮，不自觉的逃出门外；洋先生倒也没有追。他快跑了六十多步，这才慢慢的走，于是心里便涌起了忧愁：洋先生不准他革命，他再没有别的路；从此决不能望有白盔白甲的人来叫他，他所有的抱负，志向，希望，前程；全被一笔勾销了。至于闲人们传扬开去，给小D王胡等辈笑话，倒是还在其次的事。

他似乎从来没有经验过这样的无聊。他对于自己的盘辫子，仿佛也觉得无意味，要侮蔑；为报仇起见，很想立刻放下辫子来，但也没有竟放。他游到夜间，赊了两碗酒，喝下肚去，渐渐的高兴起来了，思想里才又出现白盔白甲的碎片。

有一天，他照例的混到夜深，待酒店要关门，才踱回土谷祠去。

拍，吧——！

他忽而听得一种异样的声音，又不是爆竹。阿Q本来是爱看热闹，爱管闲事的，便在暗中直寻过去。似乎前面有些脚步声；他正听，猛然间一个人从对面逃来了。阿Q一看见，便赶紧翻身跟着逃。那人转弯，阿Q也转弯，既转弯，那人站住了，阿Q也站住。他看后面并无什么，看那人便是小D。

“什么？”阿Q不平起来了。

“赵……赵家遭抢了！”小D气喘吁吁的说。

阿Q的心怦怦的跳了。小D说了便走；阿Q却逃而又停的两三回，但他究竟是做过“这路生意”的人，格外胆大，于是躄出路角，仔细的听，似乎有些嚷嚷，又仔细的看，似乎许多白盔白甲的人，络绎的将箱子抬出了，器具抬出了，秀才娘子的宁式床也抬出了，但是不分明，他还想上前，两只脚却没有动。

这一夜没有月，未庄在黑暗里很寂静，寂静到像羲皇时候一般太平。阿Q站着看到自己发烦，也似乎还是先前一样，在那里来来往往的搬，箱子抬出了，器具抬出了，秀才娘子的宁式床也抬出了，……抬得他自己有些不信他的眼睛了。但他决计不再上前，却回到自己的祠里去了。

土谷祠里更漆黑；他关好大门，摸进自己的屋子里。他躺了好一会，这才定了神，而且发出关于自己的思想来：白盔白甲的人明明到了，并不来打招呼，搬了许多好东西，又没有自己的份，——这全是假洋鬼子可恶，不准我造反，否则，这次何至于没有我的份呢？阿Q越想越气，终于禁不住满心痛恨起来，毒毒的点一点头："不准我造反，只准你造反？妈妈的假洋鬼子，——好，你造反！造反是杀头的罪名呵，我总要告一状，看你抓进县里去杀头，——满门抄斩，——嚓！嚓！"

第九章　大团圆

赵家遭抢之后，未庄人大抵很快意而且恐慌，阿Q也很快意而且恐慌。但四天之后，阿Q在半夜里忽被抓进县城里去了。那时恰是暗夜，一队兵，一队团丁，一队警察，五个侦探，悄悄地到了未庄，乘昏暗围住土谷祠，正对门架好机关枪。然而阿Q不冲出。许多时没有动静，把总焦急起来了，悬了二十千的赏，才有两个团丁冒了险，逾垣进去，里应外合，一拥而入，将阿Q抓出来；直待擒出祠外面的机关枪左近，他才有些清醒了。

到进城，已经是正午，阿Q见自己被搀进一所破衙门，转了五六个弯，便推在一间小屋里。他刚刚一跄踉，那用整株的木料做成的栅栏门便跟着他的脚跟阖上了，其余的三面都是墙壁，仔细看时，屋角上还有两个人。

阿Q虽然有些忐忑，却并不很苦闷，因为他那土谷祠里的卧室，也并没有比这间屋子更高明。那两个也仿佛是乡下人，渐渐和他兜搭[1]起来了，一个说是举人老爷要追他祖父欠下来的陈租，一个不知道为了什么事。他们问阿Q，阿Q爽利的答道："因为我想造反。"

他下半天便又被抓出栅栏门去了，到得大堂，上面坐着一个满头剃得精光的老头子。阿Q疑心他是和尚，但看见下面站着一排兵，两旁又站着十几个长衫人物，也有满头剃得精光像这老头子的，也有将一尺来长的头发披在背后像那假洋鬼子的，都是一脸横肉，怒目而视的看他；他便知道这人一定有些来历，膝关节立刻自然而然的宽松，便跪了下去了。

"站着说！不要跪！"长衫人物都吆喝说。

1　意为主动搭讪或闲谈。

阿Q虽然似乎懂得，但总觉得站不住，身不由己的蹲了下去，而且终于趁势改为跪下了。

“奴隶性！……”长衫人物又鄙夷似的说，但也没有叫他起来。

“你从实招来罢，免得吃苦。我早都知道了。招了可以放你。”那光头的老头子看定了阿Q的脸，沉静的清楚的说。

“招罢！”长衫人物也大声说。

“我本来要……来投……”阿Q胡里胡涂的想了一通，这才断断续续的说。

“那么，为什么不来的呢？”老头子和气的问。

“假洋鬼子不准我！”

“胡说！此刻说，也迟了。现在你的同党在那里？”

“什么？……”

"那一晚打劫赵家的一伙人。"

"他们没有来叫我。他们自己搬走了。"阿Q提起来便愤愤。

"走到那里去了呢？说出来便放你了。"老头子更和气了。

"我不知道，……他们没有来叫我……"

然而老头子使了一个眼色，阿Q便又被抓进栅栏门里了。他第二次抓出栅栏门，是第二天的上午。

大堂的情形都照旧。上面仍然坐着光头的老头子，阿Q也仍然下了跪。

老头子和气的问道，"你还有什么话说么？"

阿Q一想，没有话，便回答说，"没有。"

于是一个长衫人物拿了一张纸，并一支笔送到阿Q的面前，要将笔塞在他手里。阿Q这时很吃惊，几乎"魂飞魄散"了：因为他的手和笔相关，这回是初次。他正不知怎样拿；那人却又指着一处地方教他画花押。

“我……我……不认得字。”阿Q一把抓住了笔，惶恐而且惭愧的说。

“那么，便宜你，画一个圆圈！”

阿Q要画圆圈了。那手捏着笔却只是抖。于是那人替他将纸铺在地上。阿Q伏下去，使尽了平生的力画圆圈。他生怕被人笑话，立志要画得圆，但这可恶的笔不但很沉重，并且不听话，刚刚一抖一抖的几乎要合缝，却又向外一耸，画成瓜子模样了。

阿Q正羞愧自己画得不圆，那人却不计较，早已掣了纸笔去，许多人又将他第二次抓进栅栏门。

他第二次进了栅栏，倒也并不十分懊恼。他以为人生天地之间，大约本来有时要抓进抓出，有时要在纸上画圆圈的，惟有圈而不圆，却是他“行状”上的一个污点。但不多时也就

释然了，他想：孙子才画得很圆的圆圈呢。于是他睡着了。

然而这一夜，举人老爷反而不能睡：他和把总呕了气了。举人老爷主张第一要追赃。把总主张第一要示众。把总近来很不将举人老爷放在眼里了，拍案打凳的说道："惩一儆百！你看，我做革命党还不上二十天，抢案就是十几件，全不破案，我的面子在那里？破了案，你又来迂。不成！这是我管的！"举人老爷窘急了，然而还坚持，说是倘若不追赃，他便立刻辞了帮办民政的职务。而把总却道："请便罢！"于是举人老爷在这一夜竟没有睡，但幸而第二天倒也没有辞。

阿Q第三次抓出栅栏门的时候，便是举人老爷睡不着的那一夜的明天的上午了。他到了大堂，上面还坐着照例的光头老头子；阿Q也照例的下了跪。

老头子很和气的问道，“你还有什么话么？”

阿Q一想，没有话，便回答说，“没有。”

许多长衫和短衫人物，忽然给他穿上一件洋布的白背心，上面有些黑字。阿Q很气苦；因为这很象是带孝，而带孝是晦气的。然而同时他的两手反缚了，同时又被一直抓出衙门外去了。

阿Q被抬上了一辆没有篷的车，几个短衣人物也和他同坐在一处。

这车立刻走动了，前面是一班背着洋炮的兵们和团丁，两旁是许多张着嘴的看客，后面怎样，阿Q没有见。但他突然觉到了；这岂不是去杀头么？他一急，两眼发黑，耳朵里嗡的一声，似乎发昏了。然而他又没有发昏，有时虽然着急，有时却也泰然；他意思之间，似乎觉得人生天地间，大约本来有时也未免要杀头的。

他还认得路，于是有些诧异了：怎么不向着法场走呢？他不知道这是在游街，在示众。但即使知道也一样，他不过以为人生天地间，大约本来有时也未免要游街要示众罢了。

他省悟了，这是绕到法场去的路，这一定是“嚓”的去杀头。他惘惘的向左右看，全跟着蚂蚁似的人，而在无意中，却在路旁的人丛中发见了一个吴妈。很久违，伊原来在城里做工了。阿Q忽然很羞愧自己没志气；竟没有唱几句戏。他的思想仿佛旋风似的在脑里一回旋：《小孤孀上坟》欠堂皇，《龙虎斗》里的“悔不该……”也太乏，还是“手执钢鞭将你打”罢。他同时想将手一扬，才记得这两手原来都捆着，于是“手执钢鞭”也不唱了。

“过了二十年又是一个……”阿Q在百忙中，“无师自通”的说出半句从来不说的话。

“好！”从人丛里，便发出豺狼的嗥叫一

般的声音来。

车子不住的前行，阿Q在喝采声中，轮转眼睛去看吴妈，似乎伊一向并没有见他，却只是出神的看着兵们背上的洋炮。

阿Q于是再看那些喝采的人们。

这刹那中，他的思想又仿佛旋风似的在脑里一回旋了。四年之前，他曾在山脚下遇见一只饿狼，永是不近不远的跟定他，要吃他的肉。他那时吓得几乎要死，幸而手里有一柄斫柴刀，才得仗这壮了胆，支持到未庄；可是永远记得那狼眼睛，又凶又怯，闪闪的像两颗鬼火，似乎远远的来穿透了他的皮肉。而这回他又看见从来没有见过的更可怕的眼睛了，又钝又锋利，不但已经咀嚼了他的话，并且还要咀嚼他皮肉以外的东西，永是不远不近的跟他走。

这些眼睛们似乎连成一气，已经在那里咬他的灵魂。

“救命，……”

然而阿Q没有说。他早就两眼发黑，耳朵里嗡的一声，觉得全身仿佛微尘似的迸散了。

至于当时的影响，最大的倒反在举人老爷，因为终于没有追赃，他全家都号咷[1]了。其次是赵府，非特秀才因为上城去报官，被不好的革命党剪了辫子，而且又破费了二十千的赏钱，所以全家也号咷了。从这一天以来，他们便渐渐的都发生了遗老的气味。

至于舆论，在未庄是无异议，自然都说阿Q坏，被枪毙便是他的坏的证据；不坏又何至于被枪毙呢？而城里的舆论却不佳，他们多半不满足，以为枪毙并无杀头这般好看；而且那是怎样的一个可笑的死囚呵，游了那么久的街，竟没有唱一句戏：他们白跟一趟了。

一九二一年十二月。

1　即放声大哭。

端午节

方玄绰近来爱说“差不多”这一句话，几乎成了“口头禅”似的；而且不但说，的确也盘据在他脑里了。他最初说的是“都一样”，后来大约觉得欠稳当了，便改为“差不多”，一直使用到现在。

他自从发见了这一句平凡的警句以后，虽然引起了不少的新感慨，同时却也得到许多新慰安。譬如看见老辈威压青年，在先是要愤愤的，但现在却就转念道，将来这少年有了儿孙时，大抵也要摆这架子的罢，便再没有什么不平了。又如看见兵士打车夫，在先也要愤愤的，但现在也就转念道，倘使这车夫当了兵，这兵拉了车，大抵也就这么打，便再也不放在心上了。他这样想着的时候，有时也疑心是因为自己没有和恶社会奋斗的勇气，所以瞒心昧己的故意造出来的一条逃路，很近乎于“无是非之心”，远不如改正了好。然而这意见，总反而在他脑里生长起来。

他将这“差不多说”最初公表的时候是在北京首善学校的讲堂上，其时大概是提起关于历史上的事情来，于是说到“古今人不相远”，说到各色人等的“性相近”，终于牵扯到学生和官僚身上，大发其议论道：

“现在社会上时髦的都通行骂官僚，而学生骂得尤利害。然而官僚并不是天生的特别种族，就是平民变就的。现在学生出身的官僚就不少，和老官僚有什么两样呢？‘易地则皆然’，思想，言论，举动，丰采都没有什么大区别……便是学生团体新办的许多事业，不是也已经难免出弊病，大半烟消火灭了么？差不多的。但中国将来之可虑就在此。……”

散坐在讲堂里的二十多个听讲者，有的怅然了，或者是以为这话对；有的勃然了，大约是以为侮辱了神圣的青年；有几个却对他微笑了，大约以为这是他替自己的辩解：因为方玄绰就是兼做官僚的。

而其实却是都错误。这不过是他的一种新不平；虽说不平，又只是他的一种安分的空论。他自己虽然不知道是因为懒，还是因为无用，总之觉得是一个不肯运动，十分安分守己的人。总长冤他有神经病，只要地位还不至于动摇，他决不开一开口；教员的薪水欠到大半年了，只要别有官俸支持，他也决不开一开口。

不但不开口，当教员联合索薪的时候，他还暗地里以为欠斟酌，太嚷嚷；直到听得同寮过分的奚落他们了，这才略有些小感慨，后来一转念，这或者因为自己正缺钱，而别的官并不兼做教员的缘故罢，于是也就释然了。

他虽然也缺钱，但从没有加入教员的团体内，大家议决罢课，可是不去上课了。政府说"上了课才给钱"，他才略恨他们的类乎用果子耍猴子；一个大教育家说道"教员一手挟书包一手要钱不高尚"，他才对于他的太太正式的发牢骚了。

"喂，怎么只有两盘？"听了"不高尚说"这一日的晚餐时候，他看着菜蔬说。

他们是没有受过新教育的，太太并无学名或雅号，所以也就没有什么称呼了，照老例虽然也可以叫"太太"，但他又不愿意太守旧，于是就发明了一个"喂"字。太太对他却连“喂”字也没有，只要脸向着他说话，依据习惯法，他就知道这话是对他而发的。

“可是上月领来的一成半都完了……昨天的米，也还是好容易才赊来的呢。”伊站在桌旁，脸对看他说。

“你看，还说教书的要薪水是卑鄙哩。这种东西似乎连人要吃饭，饭要米做，米要钱买这一点粗浅事情都不知道……”

“对啦。没有钱怎么买米，没有米怎么煮……”

他两颊都鼓起来了，仿佛气恼这答案正和他的议论“差不多”，近乎随声附和模样；接着便将头转向别一面去了，依据习惯法，这是宣告讨论中止的表示。

待到凄风冷雨这一天，教员们因为向政府去索欠薪，在新华门前烂泥里被国军打得头破血出之后，倒居然也发了一点薪水。方玄绰不费一举手之劳的领了钱，酌还些旧债，却还缺一大笔款，这是因为官僚也颇有些拖欠了。当是时，便是廉吏清官们也渐以为薪之不可不索，而况兼做教员的方玄绰，自然更表同情于学界起来，所以大家主张继续罢课的时候，他虽然仍未到场，事后却尤其心悦诚服的确守了公共的决议。

然而政府竟又付钱，学校也就开课了。但在前几天，却有学生总会上一个呈文给政府，说："教员倘若不上课，便不要付欠薪。"这虽然并无效，而方玄绰却忽而记起前回政府所说的"上了课才给钱"的话来，"差不多"这一个影子在他眼前又一幌，而且并不消灭，于是他便在讲堂上公表了。

准此，可见如果将"差不多说"锻炼罗织起来，自然也可以判作一种挟带私心的不平，但总不能说是专为自己做官的辩解。只是每到这些时，他又常常喜欢拉上中国将来的命运之类的问题，一不小心，便连自己也以为是一个忧国的志士：人们是每苦于没有“自知之明”的。

但是“差不多”的事实又发生了，政府当初虽只不理那些招人头痛的教员，后来竟不理到无关痛痒的官吏，欠而又欠，终于逼得先前鄙薄教员要钱的好官，也很有几员化为索薪大会里的骁将了。惟有几种日报上却很发了些鄙薄讥笑他们的文字。方玄绰也毫不为奇，毫不介意，因为他根据了他的“差不多说”，知道这是新闻记者还未缺少润笔的缘故，万一政府或是阔人停了津贴，他们多半也要开大会的。

他既已表同情于教员的索薪，自然也赞成同寮的索俸，然而他仍然安坐在衙门中，照例的并不一同去讨债。至于有人疑心他孤高，那可也不过是一种误解罢了。他自己说，他是自从出世以来，只有人向他来要债，他从没有向人去讨过债，所以这一端是“非其所长”。而且他最不敢见手握经济之权的人物，这种人待到失了权势之后，捧着一本《大乘起信论》讲佛学的时候，固然也很是“蔼然可亲”的了，但还在宝座上时，却总是一副阎王脸，将别人都当奴才看，自以为手操着你们这些穷小子们的生杀之权。他因此不敢见，也不愿见他们。这种脾气，虽然有时连自己也觉得是孤高，但往往同时也疑心这其实是没本领。

大家左索右索，总算一节一节的挨过去了，但比起先前来，方玄绰究竟是万分的拮据，所以使用的小厮和交易的店家不消说，便是方太太对于他也渐渐的缺了敬意，只要看伊近来不很附和，而且常常提出独创的意见，有些唐突的举动，也就可以了然了。到了阴历五月初四的午前，他一回来，伊便将一迭账单塞在他的鼻子跟前，这也是往常所没有的。

“一总总得一百八十块钱才够开消……发了么？”伊并不对着他看的说。

“哼，我明天不做官了。钱的支票是领来的了，可是索薪大会的代表不发放，先说是没有同去的人都不发，后来又说是要到他们跟前去亲领。他们今天单捏着支票，就变了阎王脸了，我实在怕看见……我钱也不要了，官也不做了，这样无限量的卑屈……”

方太太见了这少见的义愤，倒有些愕然了，但也就沉静下来。

“我想，还不如去亲领罢，这算什么呢。”伊看着他的脸说。

“我不去！这是官俸，不是赏钱，照例应该由会计科送来的。”

“可是不送来又怎么好呢……哦，昨夜忘记说了，孩子们说那学费，学校里已经催过好几次了，说是倘若再不缴……”

“胡说！做老子的办事教书都不给钱，儿子去念几句书倒要钱？”

伊觉得他已经不很顾忌道理，似乎就要将自己当作校长来出气，犯不上，便不再言语了。

两个默默的吃了午饭。他想了一会，又懊恼的出去了。

照旧例，近年是每逢节根或年关的前一天，他一定须在夜里的十二点钟才回家，一面走，一面掏着怀中，一面大声的叫道：“喂，领来了！”于是递给伊一迭簇新的中交票，脸上很有些得意的形色。谁知道初四这一天却破了例，他不到七点钟便回家来。方太太很惊疑，以为他竟已辞了职了，但暗暗地察看他脸上，却也并不见有什么格外倒运的神情。

“怎么了？……这样早？……”伊看定了他说。

“发不及了，领不出了，银行已经关了门，得等初八。”

“亲领？……”伊惴惴的问。

“亲领这一层，倒也已经取消了，听说仍旧由会计科分送。可是银行今天已经关了门，休息三天，得等到初八的上午。”他坐下，眼睛看着地面了，喝过一口茶，才又慢慢的开口说，“幸而衙门里也没有什么问题了，大约到初八就准有钱……向不相干的亲戚朋友去借钱，实在是一件烦难事。我午后硬着头皮去寻金永生，谈了一会，他先恭维我不去索薪，不肯亲领，非常之清高，一个人正应该这样做；待到知道我想要向他通融五十元，就像我在他嘴里塞了一大把盐似的，凡有脸上可以打皱的地方都打起皱来，说房租怎样的收不起，买卖怎样的赔本，在同事面前亲身领款，也不算什么的，即刻将我支使出来了。”

“这样紧急的节根，谁还肯借出钱去呢。”方太太却只淡淡的说，并没有什么慨然。

方玄绰低下头来了，觉得这也无怪其然的，况且自己和金永生本来很疏远。他接着就记起去年年关的事来，那时有一个同乡来借十块钱，他其时明明已经收到了衙门的领款凭单的了，因为恐怕这人将来未必会还钱，便装了一副为难的神色，说道衙门里既然领不到俸钱，学校里又不发薪水，实在“爱莫能助”，将他空手送走了。他虽然自己并不看见装了怎样的脸，但此时却觉得很局促，嘴唇微微一动，又摇一摇头。

然而不多久，他忽而恍然大悟似的发命令了：叫小厮即刻上街去赊一瓶莲花白。他知道店家希图明天多还账，大抵是不敢不赊的，假如不赊，则明天分文不还，正是他们应得的惩罚。

莲花白竟赊来了，他喝了两杯，青白色的脸上泛了红，吃完饭，又颇有些高兴了。他点上一枝大号哈德门香烟，从桌上抓起一本《尝试集》[1]来，躺在床上就要看。

“那么，明天怎么对付店家呢？”方太太追上去，站在床面前，看着他的脸说。

“店家？……教他们初八的下半天来。”

“我可不能这么说。他们不相信，不答应的。”

“有什么不相信。他们可以问去，全衙门里什么人也没有领到，都得初八！”他戟着第二个指头在帐子里的空中画了一个半圆，方太太跟着指头也看了一个半圆，只见这手便去翻开了《尝试集》。

方太太见他强横到出乎情理之外了，也暂时开不得口。

1　胡适的白话诗集。

“我想，这模样是闹不下去的，将来总得想点法，做点什么别的事……”伊终于寻到了别的路，说。

“什么法呢？我‘文不像誊录生，武不像救火兵’，别的做什么？”

“你不是给上海的书铺子做过文章么？”

“上海的书铺子？买稿要一个一个的算字，空格不算数。你看我做在那里的白话诗去，空白有多少，怕只值三百大钱一本罢。收版权税又半年六月没消息，‘远水救不得近火’，谁耐烦。”

“那么，给这里的报馆里……”

“给报馆里？便在这里很大的报馆里，我靠着一个学生在那里做编辑的大情面，一千字也就是这几个钱，即使一早饭做到夜，能够养活你们么？况且我肚子里也没有这许多文章。”

“那么，过了节怎么办呢？”

“过了节么？——仍旧做官……明天店家来要钱，你只要说初八的下午。”

他又要看《尝试集》了。方太太怕失了机会，连忙吞吞吐吐的说：

“我想，过了节，到了初八，我们……倒不如去买一张彩票……”

“胡说！会说出这样无教育的……”

这时候，他忽而又记起被金永生支使出来以后的事了。那时他惘惘的走过稻香村，看见店门口竖着许多斗大的字的广告道“头彩几万元”，仿佛记得心里也一动，或者也许放慢了脚步的罢，但似乎因为舍不得皮夹里仅存的六角钱，所以竟也毅然决然的走远了。他脸色一变，方太太料想他是在恼着伊的无教育，便赶紧退开，没有说完话。方玄绰也没有说完话，将腰一伸，咿咿呜呜的就念《尝试集》。

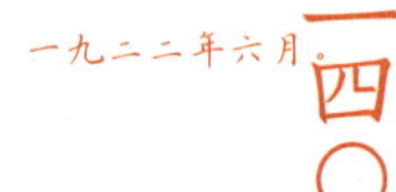

白光

陈士成看过县考的榜，回到家里的时候，已经是下午了。他去得本很早，一见榜，便先在这上面寻陈字。陈字也不少，似乎也都争先恐后的跳进他眼睛里来，然而接着的却全不是士成这两个字。他于是重新再在十二张榜的圆图[1]里细细地搜寻，看的人全已散尽了，而陈士成在榜上终于没有见，单站在试院的照壁的

1 旧时科举县考初试公布成绩的名榜，因把每五十名中榜者的姓名写成一个圆而得名，也叫团榜。

面前。

凉风虽然拂拂的吹动他斑白的短发，初冬的太阳却还是很温和的来晒他。但他似乎被太阳晒得头晕了，脸色越加变成灰白，从劳乏的红肿的两眼里，发出古怪的闪光。这时他其实早已不看到什么墙上的榜文了，只见有许多乌黑的圆圈，在眼前泛泛的游走。

隽了秀才，上省去乡试，一径联捷上去，……绅士们既然千方百计的来攀亲，人们又都像看见神明似的敬畏，深悔先前的轻薄，发昏，……赶走了租住在自己破宅门里的杂姓——那是不劳说赶，自己就搬的，——屋宇全新了，门口是旗竿和扁额，……要清高可以做京官，否则不如谋外放。……他平日安排停当的前程，这时候又像受潮的糖塔一般，刹时倒塌，只剩下一堆碎片了。他不自觉的旋转了觉得涣散了的身躯，惘惘的走向归家的路。

他刚到自己的房门口，七个学童便一齐放开喉咙，吱的念起书来。他大吃一惊，耳朵边似乎敲了一声磬[1]，只见七个头拖了小辫子在眼前幌，幌得满房，黑圈子也夹着跳舞。他坐下了，他们送上晚课来，脸上都显出小觑他的神色。

“回去罢。”他迟疑了片时，这才悲惨的说。

他们胡乱的包了书包，挟着，一溜烟跑走了。

陈士成还看见许多小头夹着黑圆圈在眼前跳舞，有时杂乱，有时也排成异样的阵图，然而渐渐的减少，模胡了。

“这回又完了！”

他大吃一惊，直跳起来，分明就在耳朵边

1　一种由铜或铁铸成的钵状物，常见于佛寺中，既可在念经时击打，又可用来集合寺众；亦指一种古代乐器，形如曲尺，常由玉或石制成，可悬挂。

的话，回过头去却并没有什么人，仿佛又听得嗡的敲了一声磬，自己的嘴也说道：

“这回又完了！”

他忽而举起一只手来，屈指计数着想，十一，十三回，连今年是十六回，竟没有一个考官懂得文章，有眼无珠，也是可怜的事，便不由嘻嘻的失了笑。然而他愤然了，蓦地从书包布底下抽出誊真的制艺和试帖[1]来，拿着往外走，刚近房门，却看见满眼都明亮，连一群鸡也正在笑他，便禁不住心头突突的狂跳，只好缩回里面了。

他又就了坐，眼光格外的闪烁；他目睹着许多东西，然而很模胡，——是倒塌了的糖塔一般的前程躺在他面前，这前程又只是广大起来，阻住了他的一切路。

---

1 制艺即八股文；试帖出自唐代明经科考试，试题是一段经文，选取部分覆盖住，只留下一行字句，由考生补全。

别家的炊烟早消歇了，碗筷也洗过了，而陈士成还不去做饭。寓在这里的杂姓是知道老例的，凡遇到县考的年头，看见发榜后的这样的眼光，不如及早关了门，不要多管事。最先就绝了人声，接着是陆续的熄了灯火，独有月亮，却缓缓的出现在寒夜的空中。

空中青碧到如一片海，略有些浮云，仿佛有谁将粉笔洗在笔洗里似的摇曳。月亮对着陈士成注下寒冷的光波来，当初也不过象是一面新磨的铁镜罢了，而这镜却诡秘的照透了陈士成的全身，就在他身上映出铁的月亮的影。

他还在房外的院子里徘徊，眼里颇清净了，四近也寂静。但这寂静忽又无端的纷扰起来，他耳边又确凿听到急促的低声说：

"左弯右弯……"

他耸然了，倾耳听时，那声音却又提高的复述道：

"右弯！"

他记得了。这院子，是他家还未如此彫零的时候，一到夏天的夜间，夜夜和他的祖母在此纳凉的院子。那时他不过十岁有零的孩子，躺在竹榻上，祖母便坐在榻旁边，讲给他有趣的故事听。伊说是曾经听得伊的祖母说，陈氏的祖宗是巨富的，这屋子便是祖基，祖宗埋着无数的银子，有福气的子孙一定会得到的罢，然而至今还没有现。至于处所，那是藏在一个谜语的中间：

"左弯右弯，前走后走，量金量银不论斗。"

对于这谜语，陈士成便在平时，本也常常暗地里加以揣测的，可惜大抵刚以为可通。却又立刻觉得不合了。有一回，他确有把握，知道这是在租给唐家的房底下的了，然而总没有前去发掘的勇气；过了几时，可又觉得太不相像了。至于他自己房子里的几个掘过的旧痕迹，那却全是先前几回下第以后的发了怔忡的举动，后来自己一看到，也还感到惭愧而且羞人。

但今天铁的光罩住了陈士成，又软软的来劝他了，他或者偶一迟疑，便给他正经的证明，又加上阴森的催逼，使他不得不又向自己的房里转过眼光去。

白光如一柄白团扇，摇摇摆摆的闪起在他房里了。

“也终于在这里！”

他说着，狮子似的赶快走进那房里去，但跨进里面的时候，便不见了白光的影踪，只有莽苍苍的一间旧房，和几个破书桌都没在昏暗里。他爽然的站着，慢慢的再定睛，然而白光却分明的又起来了，这回更广大，比硫黄火更白净，比朝雾更霏微，而且便在靠东墙的一张书桌下。

陈士成狮子似的奔到门后边，伸手去摸锄头，撞着一条黑影。他不知怎的有些怕了，张惶的点了灯，看锄头无非倚着。他移开桌子，用锄头一气掘起四块大方砖，蹲身一看，照例是黄澄澄的细沙，揎了袖爬开细沙，便露出下面的黑土来。他极小心的，幽静的，一锄一锄往下掘，然而深夜究竟太寂静了，尖铁触土的声音，总是钝重的不肯瞒人的发响。

土坑深到二尺多了，并不见有瓮口，陈士成正心焦，一声脆响，颇震得手腕痛，锄尖碰着什么坚硬的东西了；他急忙抛下锄头，摸索着看时，一块大方砖在下面。他的心抖得很利害，聚精会神的挖起那方砖来，下面也满是先前一样的黑土，爬松了许多土，下面似乎还无穷。但忽而又触着坚硬的小东西了，圆的，大约是一个锈铜钱；此外也还有几片破碎的磁片。

陈士成心里仿佛觉得空虚了，浑身流汗，急躁的只爬搔；这其间，心在空中一抖动，又触着一种古怪的小东西了，这似乎约略有些马掌形的，但触手很松脆。他又聚精会神的挖起那东西来，谨慎的撮着，就灯光下仔细的看时，那东西斑斑剥剥的象是烂骨头，上面还带着一排零落不全的牙齿。他已经悟到这许是下巴骨了，而那下巴骨也便在他手里索索的动弹起来，而且笑吟吟的显出笑影，终于听得他开口道：

“这回又完了！”

他栗然的发了大冷，同时也放了手，下巴骨轻飘飘的回到坑底里不多久，他也就逃到院子里了。他偷看房里面，灯火如此辉煌，下巴骨如此嘲笑，异乎寻常的怕人，便再不敢向那边看。他躲在远处的檐下的阴影里，觉得较为平安了，但在这平安中，忽而耳朵边又听得窃窃的低声说：

"这里没有……到山里去……"

陈士成似乎记得白天在街上也曾听得有人说这种话，他不待再听完，已经恍然大悟了。他突然仰面向天，月亮已向西高峰这方面隐去，远想离城三十五里的西高峰正在眼前，朝笏一般黑魆魆的挺立着，周围便放出浩大闪烁的白光来。

而且这白光又远远的就在前面了。

"是的，到山里去！"

他决定的想，惨然的奔出去了。几回的开门声之后，门里面便再不闻一些声息。灯火结了大灯花照着空屋和坑洞，毕毕剥剥的炸了几声之后，便渐渐的缩小以至于无有，那是残油已经烧尽了。

"开城门来——"

含着大希望的恐怖的悲声，游丝似的在西关门前的黎明中，战战兢兢的叫喊。

第二天的日中，有人在离西门十五里的万流湖里看见一个浮尸，当即传扬开去，终于传到地保的耳朵里了，便叫乡下人捞将上来。那是一个男尸，五十多岁，“身中面白无须”，浑身也没有什么衣裤。或者说这就是陈士成。但邻居懒得去看，也并无尸亲认领，于是经县委员相验之后，便由地保抬埋了。至于死因，那当然是没有问题的，剥取死尸的衣服本来是常有的事，够不上疑心到谋害去；而且仵作也证明是生前的落水，因为他确凿曾在水底里挣命，所以十个指甲里都满嵌着河底泥。

一九二二年六月。

假使造物也可以责备，那么，我以为他实在将生命造得太滥，毁得太滥了。

兔和猫

住在我们后进院子里的三太太，在夏间买了一对白兔，是给伊的孩子们看的。

这一对白兔，似乎离娘并不久，虽然是异类，也可以看出他们的天真烂熳来。但也竖直了小小的通红的长耳朵，动着鼻子，眼睛里颇现些惊疑的神色，大约究竟觉得人地生疏，没有在老家时候的安心了。这种东西，倘到庙会日期自己出去买，每个至多不过两吊钱，而三太太却花了一元，因为是叫小使上店买来的。

孩子们自然大得意了，嚷着围住了看；大人也都围着看；还有一匹小狗名叫S的也跑来，闯过去一嗅，打了一个喷嚏，退了几步。三太太吆喝道："S，听着，不准你咬他！"于是在他头上打了一掌，S便退开了，从此并不咬。

这一对兔总是关在后窗后面的小院子里的时候多，听说是因为太喜欢撕壁纸，也常常啃木器脚。这小院子里有一株野桑树，桑子落地，他们最爱吃，便连喂他们的波菜也不吃了。乌鸦喜鹊想要下来时，他们便躬着身子用后脚在地上使劲的一弹，砉的一声直跳上来，像飞起了一团雪，鸦鹊吓得赶紧走，这样的几回，再也不敢近来了。三太太说，鸦鹊倒不打紧，至多也不过抢吃一点食料，可恶的是一匹大黑猫，常在矮墙上恶狠狠的看，这却要防的，幸而S和猫是对头，或者还不至于有什么罢。

孩子们时时捉他们来玩耍；他们很和气，竖起耳朵，动着鼻子，驯良的站在小手的圈子里，但一有空，却也就溜开去了。他们夜里的卧榻是一个小木箱，里面铺些稻草，就在后窗的房檐下。

这样的几个月之后，他们忽而自己掘土了，掘得非常快，前脚一抓，后脚一踢，不到半天，已经掘成一个深洞。大家都奇怪，后来仔细看时，原来一个的肚子比别一个的大得多了，他们第二天便将干草和树叶衔进洞里去，忙了大半天。

大家都高兴，说又有小兔可看了；三太太便对孩子们下了戒严令，从此不许再去捉。我的母亲也很喜欢他们家族的繁荣，还说待生下来的离了乳，也要去讨两匹来养在自己的窗外面。

他们从此便住在自造的洞府里，有时也出

来吃些食，后来不见了，可不知道他们是预先运粮存在里面呢还是竟不吃。过了十多天，三太太对我说，那两匹又出来了，大约小兔是生下来又都死掉了，因为雌的一匹的奶非常多，却并不见有进去哺养孩子的形迹。伊言语之间颇气愤，然而也没有法。

有一天，太阳很温暖，也没有风，树叶都不动，我忽听得许多人在那里笑，寻声看时，却见许多人都靠着三太太的后窗看：原来有一个小兔，在院子里跳跃了。这比他的父母买来的时候还小得远，但也已经能用后脚一弹地，迸跳起来了。孩子们争着告诉我说，还看见一个小兔到洞口来探一探头，但是即刻缩回去了，那该是他的弟弟罢。

那小的也检些草叶吃，然而大的似乎不许他，往往夹口的抢去了，而自己并不吃。孩子们笑得响，那小的终于吃惊了，便跳着钻进洞里去；大的也跟到洞门口，用前脚推着他的孩子的脊梁，推进之后，又爬开泥土来封了洞。

从此小院子里更热闹，窗口也时时有人窥探了。

然而竟又全不见了那小的和大的。这时是连日的阴天，三太太又虑到遭了那大黑猫的毒手的事去。我说不然，那是天气冷，当然都躲着，太阳一出，一定出来的。

太阳出来了，他们却都不见。于是大家就忘却了。

惟有三太太是常在那里喂他们波菜的，所以常想到。伊有一回走进窗后的小院子去，忽然在墙角上发见了一个别的洞，再看旧洞口，却依稀的还见有许多爪痕。这爪痕倘说是大兔的，爪该不会有这样大，伊又疑心到那常在墙上的大黑猫去了，伊于是也就不能不定下发掘的决心了。伊终于出来取了锄子，一路掘下去，虽然疑心，却也希望着意外的见了小白兔的，但是待到底，却只见一堆烂草夹些兔毛，怕还是临蓐时候所铺的罢，此外是冷清清的，全没有什么雪白的小兔的踪迹，以及他那只一探头未出洞外的弟弟了。

气忿和失望和凄凉，使伊不能不再掘那墙角上的新洞了。一动手，那大的两匹便先窜出洞外面。伊以为他们搬了家了，很高兴，然而仍然掘，待见底，那里面也铺着草叶和兔毛，而上面却睡着七个很小的兔，遍身肉红色，细看时，眼睛全都没有开。

一切都明白了，三太太先前的预料果不错。伊为预防危险起见，便将七个小的都装在木箱中，搬进自己的房里，又将大的也捺进箱里面，勒令伊去哺乳。

三太太从此不但深恨黑猫，而且颇不以大兔为然了。据说当初那两个被害之先，死掉的该还有，因为他们生一回，决不至于只两个，但为了哺乳不匀，不能争食的就先死了。这大概也不错的，现在七个之中，就有两个很瘦弱。所以三太太一有闲空，便捉住母兔，将小兔一个一个轮流的摆在肚子上来喝奶，不准有多少。

母亲对我说，那样麻烦的养兔法，伊历来连听也未曾听到过，恐怕是可以收入《无双谱》的。

白兔的家族更繁荣；大家也又都高兴了。

但自此之后，我总觉得凄凉。夜半在灯下坐着想，那两条小性命，竟是人不知鬼不觉的早在不知什么时候丧失了，生物史上不着一些痕迹，并S也不叫一声。我于是记起旧事来，先前我住在会馆里，清早起身，只见大槐树下一片散乱的鸽子毛，这明明是膏于鹰吻的了，上午长班来一打扫，便什么都不见，谁知道曾有一个生命断送在这里呢？我又曾路过西四牌楼，看见一匹小狗被马车轧得快死，待回来时，什么也不见了，搬掉了罢，过往行人憧憧的走着，谁知道曾有一个生命断送在这里呢？夏夜，窗外面，常听到苍蝇的悠长的吱吱的叫声，这一定是给蝇虎[1]咬住了，然而我向来无所容心于其间，而别人并且不听到……

假使造物也可以责备，那么，我以为他实在将生命造得太滥，毁得太滥了。

嗥的一声，又是两条猫在窗外打起架来。

“迅儿！你又在那里打猫了？”

“不，他们自己咬。他那里会给我打呢。”

我的母亲是素来很不以我的虐待猫为然的，现在大约疑心我要替小兔抱不平，下什么辣手，便起来探问了，而我在全家的口碑上，

1　一种蜘蛛，不结网，常在墙壁上捕食苍蝇和其他小虫，故称蝇虎。

却的确算一个猫敌。我曾经害过猫，平时也常打猫，尤其是在他们配合的时候。但我之所以打的原因并非因为他们配合，是因为他们嚷，嚷到使我睡不着，我以为配合是不必这样大嚷而特嚷的。

况且黑猫害了小兔，我更是“师出有名”的了。我觉得母亲实在太修善，于是不由的就说出模棱的近乎不以为然的答话来。

造物太胡闹，我不能不反抗他了，虽然也许是倒是帮他的忙……

那黑猫是不能久在矮墙上高视阔步的了，我决定的想，于是又不由的一瞥那藏在书箱里的一瓶青酸钾。

一九二二年十月。

鸭的喜剧

俄国的盲诗人爱罗先珂君[1]带了他那六弦琴到北京之后不多久，便向我诉苦说：

“寂寞呀，寂寞呀，在沙漠上似的寂寞呀！”

这应该是真实的，但在我却未曾感得；我住得久了，“入芝兰之室，久而不闻其香”，只以为很是嚷嚷罢了。然而我之所谓嚷嚷，或者

---

1 瓦西里·爱罗先珂（1890—1952），俄国作家、语言学家。在旅居中国期间与鲁迅密切往来，曾先后在北京多所学校教授世界语。

也就是他之所谓寂寞罢。

我可是觉得在北京仿佛没有春和秋。老于北京的人说，地气北转了，这里在先是没有这么和暖。只是我总以为没有春和秋；冬末和夏初衔接起来，夏才去，冬又开始了。

一日就是这冬末夏初的时候，而且是夜间，我偶而得了闲暇，去访问爱罗先珂君。他一向寓在仲密君[1]的家里；这时一家的人都睡了觉了，天下很安静。他独自靠在自己的卧榻上，很高的眉棱在金黄色的长发之间微蹙了，是在想他旧游之地的缅甸，缅甸的夏夜。

“这样的夜间，”他说，“在缅甸是遍地是音乐。房里，草间，树上，都有昆虫吟叫，各种声音，成为合奏，很神奇。其间时时夹着蛇鸣：‘嘶嘶！’可是也与虫声相和协……”他沉

1　即周作人。

思了，似乎想要追想起那时的情景来。

我开不得口。这样奇妙的音乐，我在北京确乎未曾听到过，所以即使如何爱国，也辩护不得，因为他虽然目无所见，耳朵是没有聋的。

“北京却连蛙鸣也没有……”他又叹息说。

“蛙鸣是有的！”这叹息，却使我勇猛起来了，于是抗议说，“到夏天，大雨之后，你便能听到许多虾蟆叫，那是都在沟里面的，因为北京到处都有沟。”

“哦……”

过了几天，我的话居然证实了，因为爱罗先珂君已经买到了十几个科斗子。他买来便放在他窗外的院子中央的小池里。那池的长有三尺，宽有二尺，是仲密所掘，以种荷花的荷池。从这荷池里，虽然从来没有见过养出半朵荷花来，然而养虾蟆却实在是一个极合式的处所。

科斗成群结队的在水里面游泳；爱罗先珂君也常常踱来访他们。有时候，孩子告诉他说，“爱罗先珂先生，他们生了脚了。”他便高兴的微笑道，“哦！”

然而养成池沼的音乐家却只是爱罗先珂君的一件事。他是向来主张自食其力的，常说女人可以畜牧，男人就应该种田。所以遇到很熟的友人，他便要劝诱他就在院子里种白菜；也屡次对仲密夫人劝告，劝伊养蜂，养鸡，养猪，养牛，养骆驼。后来仲密家里果然有了许多小鸡，满院飞跑，啄完了铺地锦的嫩叶，大约也许就是这劝告的结果了。

从此卖小鸡的乡下人也时常来，来一回便买几只，因为小鸡是容易积食，发痧，很难得长寿的；而且有一匹还成了爱罗先珂君在北京所作唯一的小说《小鸡的悲剧》里的主人公。

有一天的上午，那乡下人竟意外的带了小鸭来了，咻咻的叫着；但是仲密夫人说不要。爱罗先珂君也跑出来，他们就放一个在他两手里，而小鸭便在他两手里咻咻的叫。他以为这也很可爱，于是又不能不买了，一共买了四个，每个八十文。

小鸭也诚然是可爱，遍身松花黄，放在地上，便蹒跚的走，互相招呼，总是在一处。大家都说好，明天去买泥鳅来喂他们罢。爱罗先珂君说，“这钱也可以归我出的。”

他于是教书去了；大家也走散。不一会，仲密夫人拿冷饭来喂他们时，在远处已听得泼水的声音，跑到一看，原来那四个小鸭都在荷池里洗澡了，而且还翻筋斗，吃东西呢，等到拦他们上了岸，全池已经是浑水，过了半天，澄清了，只见泥里露出几条细藕来；而且再也寻不出一个已经生了脚的科斗了。

“伊和希珂先，没有了，虾蟆的儿子。”傍晚时候，孩子们一见他回来，最小的一个便赶紧说。

“唔，虾蟆？”

仲密夫人也出来了，报告了小鸭吃完科斗的故事。

“唉，唉！……”他说。

待到小鸭褪了黄毛，爱罗先珂君却忽而渴念着他的“俄罗斯母亲”了，便匆匆的向赤塔去。

待到四处蛙鸣的时候，小鸭也已经长成，两个白的，两个花的，而且不复咻咻的叫，都是“鸭鸭”的叫了。荷花池也早已容不下他们盘桓了，幸而仲密的住家的地势是很低的，夏雨一降，院子里满积了水，他们便欣欣然，游水，钻水，拍翅子，“鸭鸭”的叫。

现在又从夏末交了冬初，而爱罗先珂君还是绝无消息，不知道究竟在那里了。

只有四个鸭，却还在沙漠上“鸭鸭”的叫。

一九二二年十月。

我在北京遇着这样的好空气，仿佛这是第一遭了。

社戏

我在倒数上去的二十年中，只看过两回中国戏，前十年是绝不看，因为没有看戏的意思和机会，那两回全在后十年，然而都没有看出什么来就走了。

第一回是民国元年我初到北京的时候，当时一个朋友对我说，北京戏最好，你不去见见世面么？我想，看戏是有味的，而况在北京呢。于是都兴致勃勃的跑到什么园，戏文已经开场了，在外面也早听到冬冬地响。我们挨进门，几个红的绿的在我的眼前一闪烁，便又看见戏台下满是许多头，再定神四面看，却见中间也还有几个空座，挤过去要坐时，又有人对我发议论，我因为耳朵已经喤喤的响着了，用了心，才听到他是说“有人，不行！”

我们退到后面，一个辫子很光的却来领我们到了侧面，指出一个地位来。这所谓地位者，原来是一条长凳，然而他那坐板比我的上腿要狭到四分之三，他的脚比我的下腿要长过三分之二。我先是没有爬上去的勇气，接着便联想到私刑拷打的刑具，不由的毛骨悚然的走出了。

走了许多路，忽听得我的朋友的声音道，“究竟怎的？”我回过脸去，原来他也被我带出来了。他很诧异的说，“怎么总是走，不答应？”我说，“朋友，对不起，我耳朵只在冬冬喤喤的响，并没有听到你的话。”

后来我每一想到，便很以为奇怪，似乎这戏太不好，——否则便是我近来在戏台下不适于生存了。

第二回忘记了那一年，总之是募集湖北水灾捐而谭叫天[1]还没有死。捐法是两元钱买一张戏票，可以到第一舞台去看戏，扮演的多是名角，其一就是小叫天。我买了一张票，本是对于劝募人聊以塞责的，然而似乎又有好事家乘机对我说了些叫天不可不看的大法要了。我于是忘了前几年的冬冬喤喤之灾，竟到第一舞台去了，但大约一半也因为重价购来的宝票，总得使用了才舒服。我打听得叫天出台是迟的，而第一舞台却是新式构造，用不着争座位，便放了心，延宕到九点钟才出去，谁料照例，人都满了，连立足也难，我只得挤在远处的人丛

1 谭鑫培（1847—1917），艺名小叫天，人称谭叫天。中国京剧表演艺术家，工生行。

中看一个老旦在台上唱。那老旦嘴边插着两个点火的纸捻子，旁边有一个鬼卒，我费尽思量，才疑心他或者是目连的母亲，因为后来又出来了一个和尚。然而我又不知道那名角是谁，就去问挤小在我的左边的一位胖绅士。他很看不起似的斜瞥了我一眼，说道，“龚云甫！”我深愧浅陋而且粗疏，脸上一热，同时脑里也制出了决不再问的定章，于是看小旦唱，看花旦唱，看老生唱，看不知什么角色唱，看一大班人乱打，看两三个人互打，从九点多到十点，从十点到十一点，从十一点到十一点半，从十一点半到十二点，——然而叫天竟还没有来。

我向来没有这样忍耐的等候过什么事物，而况这身边的胖绅士的吁吁的喘气，这台上的冬冬喤喤的敲打，红红绿绿的晃荡，加之以十二点，忽而使我省悟到在这里不适于生存了。我同时便机械的拧转身子，用力往外只一挤，觉得背后便已满满的，大约那弹性的胖绅士早在我的空处胖开了他的右半身了。我后无回路，自然挤而又挤，终于出了大门。街上除了专等看客的车辆之外，几乎没有什么行人了，大门口却还有十几个人昂着头看戏目，别有一堆人站着并不看什么，我想，他们大概是看散戏之后出来的女人们的，而叫天却还没有来……

然而夜气很清爽，真所谓“沁人心脾”，我在北京遇着这样的好空气，仿佛这是第一遭了。

这一夜，就是我对于中国戏告了别的一夜，此后再没有想到他，即使偶而经过戏园，我们也漠不相关，精神上早已一在天之南一在地之北了。

但是前几天，我忽在无意之中看到一本日本文的书，可惜忘记了书名和著者，总之是关于中国戏的。其中有一篇，大意仿佛说，中国戏是大敲，大叫，大跳，使看客头昏脑眩，很不适于剧场，但若在野外散漫的所在，远远的看起来，也自有他的风致。我当时觉着这正是说了在我意中而未曾想到的话，因为我确记得在野外看过很好的好戏，到北京以后的连进两回戏园去，也许还是受了那时的影响哩。可惜我不知道怎么一来，竟将书名忘却了。

至于我看那好戏的时候，却实在已经是“远哉遥遥”的了，其时恐怕我还不过十一二岁。我们鲁镇的习惯，本来是凡有出嫁的女儿，倘自己还未当家，夏间便大抵回到母家去消夏。那时我的祖母虽然还康健，但母亲也已分担了些家务，所以夏期便不能多日的归省了，只得在扫墓完毕之后，抽空去住几天，这时我便每年跟了我的母亲住在外祖母的家里。那地方叫平桥村，是一个离海边不远，极偏僻的，临河的小村庄；住户不满三十家，都种田，打鱼，只有一家很小的杂货店。但在我是乐土：因为我在这里不但得到优待，又可以免念“秩秩斯干幽幽南山”了。

和我一同玩的是许多小朋友，因为有了远客，他们也都从父母那里得了减少工作的许可，伴我来游戏。在小村里，一家的客，几乎也就是公共的。我们年纪都相仿，但论起行辈来，却至少是叔子，有几个还是太公，因为他们合村都同姓，是本家。然而我们是朋友，即使偶而吵闹起来，打了太公，一村的老老小小，也决没有一个会想出“犯上”这两个字来，而他们也百分之九十九不识字。

我们每天的事情大概是掘蚯蚓，掘来穿在铜丝做的小钩上，伏在河沿上去钓虾。虾是水世界里的呆子，决不惮用了自己的两个钳捧着钩尖送到嘴里去的，所以不半天便可以钓到一大碗。这虾照例是归我吃的。其次便是一同去放牛，但或者因为高等动物了的缘故罢，黄牛水牛都欺生，敢于欺侮我，因此我也总不敢走近身，只好远远地跟着，站着。这时候，小朋友们便不再原谅我会读“秩秩斯干”，却全都嘲笑起来了。

至于我在那里所第一盼望的，却在到赵庄去看戏。赵庄是离平桥村五里的较大的村庄；平桥村太小，自己演不起戏，每年总付给赵庄多少钱，算作合做的。当时我并不想到他们为什么年年要演戏。现在想，那或者是春赛，是社戏[1]了。

就在我十一二岁时候的这一年，这日期也看看等到了。不料这一年真可惜，在早上就叫不到船。平桥村只有一只早出晚归的航船是大

---

1 旧时的绍兴社戏一般带有酬神祀鬼性质，民众为祈求平安丰收、驱逐瘟疫，一般在二月至五月组织演出，有时全年不断。

船，决没有留用的道理。其余的都是小船，不合用；央人到邻村去问，也没有，早都给别人定下了。外祖母很气恼，怪家里的人不早定，絮叨起来。母亲便宽慰伊，说我们鲁镇的戏比小村里的好得多，一年看几回，今天就算了。只有我急得要哭，母亲却竭力的嘱咐我，说万不能装模装样，怕又招外祖母生气，又不准和别人一同去，说是怕外祖母要担心。

总之，是完了。到下午，我的朋友都去了，戏已经开场了，我似乎听到锣鼓的声音，而且知道他们在戏台下买豆浆喝。

这一天我不钓虾，东西也少吃。母亲很为难，没有法子想。到晚饭时候，外祖母也终于觉察了，并且说我应当不高兴，他们太怠慢，是待客的礼数里从来所没有的。吃饭之后，看过戏的少年们也都聚拢来了，高高兴兴的来讲戏。只有我不开口；他们都叹息而且表同情。

忽然间，一个最聪明的双喜大悟似的提议了，他说，“大船？八叔的航船不是回来了么？”十几个别的少年也大悟，立刻撺掇起来，说可以坐了这航船和我一同去。我高兴了。然而外祖母又怕都是孩子们，不可靠；母亲又说是若叫大人一同去，他们白天全有工作，要他熬夜，是不合情理的。在这迟疑之中，双喜可又看出底细来了，便又大声的说道，“我写包票！船又大；迅哥儿向来不乱跑；我们又都是识水性的！”

诚然！这十多个少年，委实没有一个不会凫水的，而且两三个还是弄潮的好手。

外祖母和母亲也相信，便不再驳回，都微笑了。我们立刻一哄的出了门。

我的很重的心忽而轻松了，身体也似乎舒展到说不出的大。一出门，便望见月下的平桥内泊着一只白篷的航船，大家跳下船，双喜拔前篙，阿发拔后篙，年幼的都陪我坐在舱中，较大的聚在船尾。母亲送出来吩咐“要小心”的时候，我们已经点开船，在桥石上一磕，退后几尺，即又上前出了桥。于是架起两枝橹，一枝两人，一里一换，有说笑的，有嚷的，夹着潺潺的船头激水的声音，在左右都是碧绿的豆麦田地的河流中，飞一般径向赵庄前进了。

两岸的豆麦和河底的水草所发散出来的清香，夹杂在水气中扑面的吹来；月色便朦胧在这水气里。淡黑的起伏的连山，仿佛是踊跃的铁的兽脊似的，都远远地向船尾跑去了，但我却还以为船慢。他们换了四回手，渐望见依稀的赵庄，而且似乎听到歌吹了，还有几点火，料想便是戏台，但或者也许是渔火。

那声音大概是横笛，宛转，悠扬，使我的心也沉静，然而又自失起来，觉得要和他弥散在含着豆麦蕴藻之香的夜气里。

那火接近了，果然是渔火；我才记得先前望见的也不是赵庄。那是正对船头的一丛松柏林，我去年也曾经去游玩过，还看见破的石马倒在地下，一个石羊蹲在草里呢。过了那林，船便弯进了叉港，于是赵庄便真在眼前了。

最惹眼的是屹立在庄外临河的空地上的一座戏台，模胡在远外的月夜中，和空间几乎分不出界限，我疑心画上见过的仙境，就在这里出现了。这时船走得更快，不多时，在台上显出人物来，红红绿绿的动，近台的河里一望乌黑的是看戏的人家的船篷。

“近台没有什么空了，我们远远的看罢。”阿发说。

这时船慢了，不久就到，果然近不得台旁，大家只能下了篙，比那正对戏台的神棚还要远。其实我们这白篷的航船，本也不愿意和乌篷的船在一处，而况并没有空地呢……

在停船的匆忙中，看见台上有一个黑的长胡子的背上插着四张旗，捏着长枪，和一群赤膊的人正打仗。双喜说，那就是有名的铁头老生，能连翻八十四个筋斗，他日里亲自数过的。

我们便都挤在船头上看打仗，但那铁头老生却又并不翻筋斗，只有几个赤膊的人翻，翻了一阵，都进去了，接着走出一个小旦来，咿咿呀呀的唱，双喜说，“晚上看客少，铁头老生也懈了，谁肯显本领给白地看呢？”我相信这话对，因为其时台下已经不很有人，乡下人为了明天的工作，熬不得夜，早都睡觉去了，疏疏朗朗的站着的不过是几十个本村和邻村的闲汉，乌篷船里的那些土财主的家眷固然在，然而他们也不在乎看戏，多半是专到戏台下来吃糕饼水果和瓜子的。所以简直可以算白地。

然而我的意思却也并不在乎看翻筋斗。我

最愿意看的是一个人蒙了白布，两手在头上捧着一支棒似的蛇头的蛇精，其次是套了黄布衣跳老虎。但是等了许多时都不见，小旦虽然进去了，立刻又出来了一个很老的小生。我有些疲倦了，托桂生买豆浆去。他去了一刻，回来说，“没有。卖豆浆的聋子也回去了。日里倒有，我还喝了两碗呢。现在去舀一瓢水来给你喝罢。”

我不喝水，支撑着仍然看，也说不出见了些什么，只觉得戏子的脸都渐渐的有些稀奇了，那五官渐不明显，似乎融成一片的再没有什么高低。年纪小的几个多打呵欠了，大的也各管自己谈话。忽而一个红衫的小丑被绑在台柱子上，给一个花白胡子的用马鞭打起来了，大家才又振作精神的笑着看。在这一夜里，我以为这实在要算是最好的一折。

然而老旦终于出台了。老旦本来是我所最

怕的东西，尤其是怕他坐下了唱。这时候，看见大家也都很扫兴，才知道他们的意见是和我一致的。那老旦当初还只是踱来踱去的唱，后来竟在中间的一把交椅上坐下了。我很担心；双喜他们却就破口喃喃的骂。我忍耐的等着，许多工夫，只见那老旦将手一抬，我以为就要站起来了。不料他却又慢慢的放下在原地方，仍旧唱。全船里几个人不住的吁气，其余的也打起呵欠来。双喜终于熬不住了，说道，怕他会唱到天明还不完，还是我们走的好罢。大家立刻都赞成，和开船时候一样踊跃，三四人径奔船尾，拔了篙，点退几丈，回转船头，架起橹，骂着老旦，又向那松柏林前进了。

月还没有落，仿佛看戏也并不很久似的，而一离赵庄，月光又显得格外的皎洁。回望戏台在灯火光中，却又如初来未到时候一般，又漂渺得像一座仙山楼阁，满被红霞罩着了，吹到耳边来的又是横笛，很悠扬；我疑心老旦已经进去了，但也不好意思说再回去看。

不多久，松柏林早在船后了，船行也并不慢，但周围的黑暗只是浓，可知已经到了深夜。他们一面议论着戏子，或骂，或笑，一面加紧的摇船。这一次船头的激水声更其响亮了，那航船，就像一条大白鱼背着一群孩子在浪花里蹿，连夜渔的几个老渔父，也停了艇子看着喝采起来。

离平桥村还有一里模样。船行却慢了，摇船的都说很疲乏，因为太用力，而且许久没有东西吃。这回想出来的是桂生，说是罗汉豆正旺相，柴火又现成，我们可以偷一点来煮吃的。大家都赞成，立刻近岸停了船；岸上的田里，乌油油的便都是结实的罗汉豆。

“阿阿，阿发，这边是你家的，这边是老六一家的，我们偷那一边的呢？”双喜先跳下去了，在岸上说。

我们也都跳上岸。阿发一面跳，一面说道，“且慢，让我来看一看罢，”他于是往来的摸了一回，直起身来说道，“偷我们的罢，我们的大得多呢。”一声答应，大家便散开在阿发家的豆田里，各摘了一大捧，抛入船舱中。双喜以为再多偷，倘给阿发的娘知道是要哭骂的，于是各人便到六一公公的田里又各偷了一大捧。

我们中间几个年长的仍然慢慢的摇着船，几个到后舱去生火，年幼的和我都剥豆。不久豆熟了，便任凭航船浮在水面上，都围起来用手撮着吃。吃完豆，又开船，一面洗器具，豆荚豆壳全抛在河水里，什么痕迹也没有了。双喜所虑的是用了八公公船上的盐和柴，这老头子很细心，一定要知道，会骂的。然而大家议论之后，归结是不怕。他如果骂，我们便要他归还去年在岸边拾去的一枝枯柏树，而且当面叫他“八癞子”。

“都回来了！那里会错。我原说过写包票的！”双喜在船头上忽而大声的说。

我向船头一望，前面已经是平桥，桥脚上站着一个人，却是我的母亲，双喜便是对伊说着话。我走出前舱去，船也就进了平桥了，停了船，我们纷纷都上岸。母亲颇有些生气，说是过了三更了，怎么回来得这样迟，但也就高兴了，笑着邀大家去吃炒米。

大家都说已经吃了点心，又渴睡，不如及早睡的好，各自回去了。

第二天，我向午才起来，并没有听到什么关系八公公盐柴事件的纠葛，下午仍然去钓虾。

“双喜，你们这班小鬼，昨天偷了我的豆了罢？又不肯好好的摘，踏坏了不少。”我抬头看时，是六一公公掉着小船，卖了豆回来了，船肚里还有剩下的一堆豆。

“是的。我们请客。我们当初还不要你的呢。你看，你把我的虾吓跑了！”双喜说。

六一公公看见我，便停了楫，笑道，“请客？——这是应该的。”于是对我说，“迅哥儿，昨天的戏可好么？”

我点一点头，说道，“好。”

“豆可中吃呢？”

我又点一点头，说道，“很好。”

不料六一公公竟非常感激起来，将大拇指一翘，得意的说道：“这真是大市镇里出来的读过书的人才识货！我的豆种是粒粒挑选过的，乡下人不识好歹，还说我的豆比不上别人的呢。我今天也要送些给我们的姑奶奶尝尝去……”他于是打着楫子过去了。

待到母亲叫我回去吃晚饭的时候，桌上便

有一大碗煮熟的罗汉豆，就是六一公公送给母亲和我吃的。听说他还对母亲极口夸奖我，说“小小年纪便有见识，将来一定要中状元。姑奶奶，你的福气是可以写包票的了。”但我吃了豆，却并没有昨夜的豆那么好。

真的，一直到现在，我实在再没有吃到那夜似的好豆，——也不再看到那夜似的好戏了。

一九二二年十月。

主　　编 | 徐　露
特约编辑 | 徐子淇　赵雪雨

营销总监 | 张　延
营销编辑 | 狄洋意　许芸茹

版权联络 | rights@chihpub.com.cn
品牌合作 | zy@chihpub.com.cn

出品方　春山望野（北京）
文化传媒有限公司

Room 216, 2nd Floor, Building 1, Yard 31,
Guangqu Road, Chaoyang, Beijing, China